天使の梯子

村山由佳

集英社文庫

この作品は二〇〇四年十月、集英社より刊行されました。
詩は宮沢賢治「告別」より引用。

天使《てんし》の梯子《はしご》

Angel's Ladder

もしも楽器がなかったら
いゝかおまへはおれの弟子なのだ
ちからのかぎり
そらいっぱいの
光でできたパイプオルガンを弾くがいゝ

俺を育ててくれたばあちゃんは、せっかちな人だった。

公園の桜はまだなのに——今年もまた、嫌がる俺に弁当を持たせて一緒に花見にいくのをあれほど楽しみにしていたくせに、あとほんの半月が待てなかった。とうとう最後まで、せっかちな人だった。

葬式の日の夜、テレビをつけると、アナウンサーがえらく嬉《うれ》しそうに声を張りあげて、どこだか西のほうで最初の桜がほころびはじめたと言っていた。

つけたばかりのテレビを消した俺が、

「……遅ぇよ」

そうつぶやくと、隣に座っていた夏姫《なつき》さんが困ったような顔で手をのばし、そっと頭を撫《な》でてくれた。いつものような大人っぽい仕草じゃなく、まるで幼い女の子が弟を慰めているみたいにぎこちない、けれどありったけの優しさのこもった手つきだったので、俺は不覚にも涙ぐみそうになり、慌《あわ》ててリモコンを取って電気スタンドも消した。

灯りがぜんぶ消えてしまっても、大きなテラス窓から射しこむ月の光でリビングはずいぶん明るかった。

そこは、夏姫さんの部屋だった。彼女と俺は並んでソファにもたれ、目の前のガラステーブルに足を乗せていた。昼間は喪服の背中が汗ばむほどの陽気だったのに、夜が更けるほどに肌寒くなってきて、俺はトレーナーを着こみ、彼女のほうはTシャツの上から丈長のカーディガンを着ていた。白地に薔薇《ばら》とハチドリの模様が編み込まれた印象的なカーディガンだった。

「知ってる?」と、夏姫さんが言った。

「うん?」

「あの世ってね。西の果てにあるんですって」

「へえ」

少したって、だから? と俺が訊《き》き返すと、

「だから……遅くはなかったわよ、きっと」

「え?」

「おばあちゃま、行きのついでに、西のほうで咲いたばかりの桜を見てからいらしたわよ」

俺は、なんとか笑ってみせた。「そっか。——そうかもな、あのバアサン、そのへん

ちゃっかりしてそうだし。だいたい、あの世へ行ったらわざわざ弁当持って出かけなくたって、まわりじゅうお花畑だっていうもんな」

再びそっとのびてきた手が、こんどは俺の頭を柔らかく抱きよせるようにして自分の肩にもたれさせた。俺はおとなしくされるがままになっていた。女の人の肩によりかかるなんて少し照れくさかったけれど、そうしてみると、それが今いちばん彼女にしてほしいことだったような気がした。

この部屋に泊まっていくことを夏姫さんが許してくれたのは初めてだった。今夜の俺はよほど頼りなく見えたらしい。実際、手にも足にもうまく力が入らなかった。明日の土曜はべつにどこにも行かなくていいのだと思うとほっとした。彼女の会社もないし、大学はまだ始まっていないし、バイト先には連絡してある。だいたい、これからはどれだけ朝帰りしようがうるさく言う人はもう誰もいないのだ。そう思ったら、いつも鬱陶《うっとう》しかったはずのあのしわがれ声が急に慕わしく感じられた。

「ねえ、慎《しん》くん」どことなく遠慮がちな口調で、夏姫さんが言った。「もしも私で聞いてあげられることがあるなら、何でも聞くわよ」

「どういうこと？」

「ううん、べつに無いならいいんだけど。でも、もしかして何かこう、思いきって話してしまいたいことがあるんじゃないかなって思って」

「なんで」

「お通夜の時から、あなた何だかずっと苦しそうだったから。悲しそうなだけならわかるけど、すごく苦しそうだったから」

「へえ。そんなに俺のことばっか見ててくれたんだ？」

いつものように適当にいなされるのを承知で、わざと冗談めかして言ってみせたのだが、彼女はただ、黙って俺の頭をぽん、ぽん、と優しく叩《たた》いてみせただけだった。とたんにまたしてもせり上がってくる感情の波を、俺は唇を結んでやりすごした。――ちきしょう、なんでよりによって満月なんだ。電気を消してもまだ明るすぎるが、さすがに月までは消せやしない。

仕方なく、俺は彼女の肩にもたれたまま目をつぶった。そうしていると、ほんの数日前のばあちゃんの姿がくっきりと浮かんできた。実物よりもリアルなくらいだった。店を閉める前に、ついでに俺の髪も切ってやると言ってくれたばあちゃんの声。それに対して、乱暴に言い返した自分の言葉。そうして翌朝起きてきて、シャンプー台の足もとで冷たくなっているばあちゃんを見つけた時の、あの……。

夏姫さんは黙って俺の頭を撫で続けている。髪をすく指先が、時おり耳や頰《ほお》に触れる。その指のひんやりとした感触が心地よくて、ふと子どものころ熱をはかってくれたばあちゃんの手を思いだしたりして、また鼻の奥が不穏にキナくさくなり、おかげでそんなつもりもないのに声がかすれてしまった。

「あんまりだと、思わねえ？」

「ん？」

「死ぬなら死ぬって、先に言っといてくれりゃあさ」

夏姫さんの指がぴくりとはねて止まった。

「俺だって、その前に言っておきたいことくらいあったのにさ」

お互いの呼吸を四往復くらい数えたところで、またゆっくりと指が動きだす。

「――びっくりした」と、夏姫さんは小さな声で言った。「今のあなたと、まるきりおんなじことを言った人がいたものだから」

「誰？」

「ん……古い友だち」

「その人は、誰をなくしたわけ？」

夏姫さんはなぜかそれには答えずに、かわりに深い、静かな吐息をもらした。そうして、やがて言った。

「でもね、それぱっかりはどんなに後悔したってどうにもできないのよ。死んじゃった人には、どうやったって追いつけないもの」

吐息と同じくらい、静かな声だった。

「ねえ慎くん。そういえば、死神とロウソクの話って知ってる？」

「いや……たぶん知らないと思う」

「子どものころ読まなかった？　たしかグリム童話だったと思うけど」

俺は首を振った。「覚えてないな」

「小さいころ私、そのお話が怖くてね。怖いくせに、なぜだかくり返し読んでた。死神が、自分との約束を破った男を地下の穴ぐらみたいなところへ連れていくんだけど、その壁には数えきれないくらいのロウソクが立ってるの。威勢よく燃えているのもあれば、もう短くて弱々しいのもあって、かと思えばあっちで新しくついたりこっちで消えたりしていて。つまり、そのロウソクは人間の寿命をあらわしてるわけ。それで、男が自分の炎はどれだって訊くとね、死神は今にも消えそうな、短いロウソクを指さすの」

夏姫さんの喉《のど》が、小さくこくりと鳴るのが聞こえた。

「あせった男は、お願いだからその火を隣の新しくて太いロウソクについでくれって頼むわけ。死神も一旦《いったん》は男の頼みを受けいれて、短いロウソクをこう、斜めにかたむけて、新しいロウソクに火を移してやるかに見えるんだけど、土壇場でわざとぽろっと火を取り落として——その瞬間、男は死神の足もとにばったり倒れるの」

「……それ、死んだ、ってこと？」

「そう」

「死んだとこで、おしまい？」

「うん。おしまい」

「………………」

穴ぐらに灯《とも》るおびただしい数のロウソクを、俺は思い浮かべた。そうして、その中でばあちゃんのロウソクが消えていく最後の瞬間を想像してみた。もう長いこと燃え続けたぶんだけすっかり短くなっていて、ふうっと静かに消えていったんだろうか。それとも残りはまだ充分あったのに、死神のやつが誤って倒してしまったんだろうか。

ふいに、怒りとも哀しみともつかないひんやりとした感情が、まるで打ち水のように全身をひたし、俺はぶるっと震えた。

「寒い？」夏姫さんは俺の肩を抱いてそっとさすってくれた。「やっぱり暖房入れる？」

俺は首を振った。

揺れるロウソクの灯りがまぶたにちらつく。その炎は、通夜から今日にかけて祭壇に灯されていた数々のロウソクと重なって、頭の中をぐるぐるまわった。

「なんかさ」夏姫さんにもたれた格好のまま、俺は言った。「葬式なんて結局、生きてるもんの自己満足じゃんな。死んだ本人にはもう何にも関係ないようなことで、みんなばたばた走りまわって、かたちばっか気にして、体裁ととのえてさ」

ふっと夏姫さんが微笑《ほほえ》むのがわかった。

「まあね。たしかに私も、お葬式は生きてる人のためにあるんだとは思うけど……」ゆっくりとした口調で、言葉を選びながら彼女は言った。「でも、それってきっと必要なことなのよ。気持ちに区切りをつけるためにはね。だって、残された人たちは明日からも生きていかなくちゃいけないんだもの。それに、かたちばっかりって言うけど、決まったかたちの儀式があるからこそ、安心してまかせていられるっていうところもあるんじゃない？　なんにも決まりがなかったら、ほとんどの人は何をしていいかわからないでしょうし」

「だけど、どんな盛大な葬式やったからって本人が喜ぶ顔が見られるわけじゃないじゃんか。葬式に金かけるくらいなら、生きてる間にもっといろいろしてやれっての」

「それもわかるけど、でも、たとえ生きてる間にどれだけのことをしてあげたとしても、死なれた後はやっぱり、もっといろいろしてあげておけばよかったって後悔するものじゃない？」

「――ふうん。そういう経験でもあるわけ？」

夏姫さんは苦笑をもらした。「一般論として、よ」

ベランダに面した窓の外が、少し暗くなったようだ。俺は体を起こし、ソファから立ちあがって窓に近づいた。

わずかに雲が出ていた。風に吹き流されながらもいくつかが集まって月を覆い、その隙間から幾筋もの青白い光がスポットライトのように射して、坂の下の石神井池と、その向こうに黒々とひろがる森の一部を照らしている。

夏姫さんが足音もなくやってきて、俺の隣に立った。

月にかかる雲がくっついたり離れたりするのに合わせて、光の強さや束の太さが刻々と変化する。いびつな楕円形に照らされた水面も、まばゆいほどに白く輝いたかと思うと、次の瞬間には古くなったアルミホイルみたいに鈍く陰ったりした。

「訊いていい？」と、俺は言ってみた。

「なに？」

「さっき言ってた、古い友だちってさ。もしかして——それもあいつ？　あの、絵を描いてるやつ？」

答えが返ってこない。

隣を見ると、夏姫さんは窓の外をじっと見つめたまま、かすかに微笑んでいた。これまでにも何度か見たことのある、泣き顔みたいな微笑だった。

訊かなきゃよかった、と思った。二人きりで会うようになって以来、今夜ほど夏姫さんが近く感じられたことはなかったのに、それでもこうしてあいつの話になったとたん、彼女の心はたちまちふっと遠くへいってしまう。彼女にこんな顔をさせられるのは、この世でただ一人、あの男だけなのだ。

「ねえ、慎くん」

今の話の続きかと思ったのに、夏姫さんは全然違うことを言った。

「しっかり、するのよ」

「……は？　何だよいきなり」

「ゆっくりでいいから、無理はしなくてもいいから、頑張るのよ。私にできることがあれば何でも協力するから。おばあちゃまだって、あなたにいつまでも泣いたり後悔したりしてほしくないに違いないんだから」

「いつまでもって、そもそも泣いてなんかいねえっつの」

「さっきのロウソクの話じゃないけど」俺の抗議を無視して、夏姫さんは続けた。「人の寿命ばかりはもう、そういう運命だったんだと思ってあきらめるしかないのよ。私たちには、与えられた一生をせいいっぱい頑張ることしかできないんだからね。逝ってしまった人より、残された者のほうが大変だったりもするけど、それでもどうにか自分をだましだまし生きてかなきゃしょうがないんだからね」

まるで先生だった昔に戻ったみたいな彼女の口調に、たしかに慰められる俺がいる一方で、胸の奥のどこかひと隅に、

(夏姫さんにはわからない)

という気持ちがくすぶっているのも事実だった。言われていることはどれもその通り

だとは思うのだけれど、今日の今日で、それこそそんな〈一般論〉を口にされてもな、というようなちょっといじけた思いがあった。何だかんだ言っても、彼女は両親から大事にされて育ったお嬢様で、俺なんかとは違う。実の親にさえ見捨てられた俺をここまで育ててくれたばあちゃんに、最後のごめんを言うこともできずに去られた俺の後悔なんて、彼女にわかれというほうが無理なのだ、と——。

〈逝ってしまった人より、残された者のほうが大変〉

いったいどんな思いで、夏姫さんはそう口にしたんだろう。

その瞬間の彼女の胸の内を思うと、俺は寂しくてたまらなくなる。今すぐにでももう一度月の光の中に戻って、彼女を抱きしめてやりたくなる。

なぜなら、彼女はあの夜、おそらく自分自身がこの十年間ずっと誰かにしてほしいと願い続けてきたことを俺のためにしてくれたに違いないからだ。

目を閉じて誰かの肩によりかかり、ただやさしく頭を撫でてもらうことを必要としていたのは、ほんとうは、夏姫さんのほうだった。

1

あの日はたしか、夕立が降ったのだった。永遠に続くかと思える暑さにセミたちもいいかげん鳴き疲れた、八月の終わりのことだ。

雨が冷やしていったあとの街には、南の島を思わせる湿った風が吹いていて、俺がバイトしているカフェ前の歩道にはところどころに浅い水たまりができ、道をゆく人たちが時おり街路樹からしたたる雫《しずく》に首をすくめていた。店内のテーブルクロスも、ロゴ入りのペーパーナプキンも、いつになくしっとりとして柔らかかった。

はじめに声が、俺をふり向かせた。

「ねえ、このタルト・オ・シトロンっていうのは……」

開け放たれたガラス戸のすぐ外、その客は、少し前に俺が拭《ふ》いたばかりのテラス席に座って二つ折りのメニューを指さしていた。バイト仲間のヤマダが、わりと小さめですよ、これくらい、と指で輪を作ってみせている。

「じゃあそれと、そうね——ダージリンを」

大きいわけではないのにとてもよく通る、一度聞いたらちょっと忘れられない声。色っぽさと清々《すがすが》しさが奇跡的に同居した、まるで表と裏にベルベットと麻を縫いあわせたみたいな低めの声だ。

首を後ろへねじった格好のまま、俺はテーブルを片づけることも忘れて彼女に見入っていた。端整なひたいの感じも、長い髪を右側だけ耳にかけるしぐさも記憶のままのような気はしたが、うつむいているせいで顔がはっきり見えなかったのだ。でも、やがて彼女はオーダーを復唱するヤマダに向かって軽くうなずいたかと思うと、メニューをたたんで返し、ようやく顔をあげた。

懐かしさのかたまりが、俺の体を突き抜けていった。自分でも戸惑うくらい、それは強烈であざやかな痛みだった。

急いで食器を奥にさげ、俺は濡《ぬ》れたふきんをつかんで外へ出て、深緑色のさしかけの下に並んだテーブルを端から拭き直し、ゆがんでもいない椅子《いす》の位置をまっすぐにととのえた。そうしながら盗み見る限り、彼女は五年前から驚くくらい変わっていなかった。少なくとも二十九にはなっているはずだが、しっとりと落ちついた雰囲気をまとうようになったほかは、ほんとうに以前のままだった。顔の輪郭にも体の線にもゆるんだところはなく、見えない糸で頭の先を吊《つ》られているかのように姿勢がよかった。テーブルの下で組んだ脚はつま先にいたるまですっきりと伸び、ふくらはぎの形に至ってはもう、ふるいつきたくなるほど俺好みだった。

一瞬だけ目が合ったが、彼女は表情も変えずに腕時計に目をやり、また歩道のほうを向いてしまった。

（無理ないよな）

と、自分に言い聞かせる。彼女が知っているのはまだ背も低ければ髪も黒かった頃の俺でしかないのだし、実際、今の俺は十六の頃とは激しく変わったらしい。友人たちでさえ、去年の暮れのクラス会に久々に顔を出した俺のことがすぐにはわからなかったくらいだ。それでも俺は、どこかで期待していたのだった。目が合うなり、彼女が懐かしそうな声で俺の名前を呼んでくれるのを。

東京は練馬区の片隅にある都立高校。

あのころ俺はそこの一年生で、彼女――斎藤夏姫先生――は俺らのクラスの担任だった。何しろ大学を出てまだ二年かそこらの若い先生だったし、美人にはめずらしく冗談も通じたし、何よりほかの先生のようにいちいちうるさいことを言ったりしなかったから、みんなからずいぶん懐かれていた。彼女の現国の授業はけっこう面白かった。

でも、卒業後の俺らのクラス会に、彼女が出席したことはなかった。葉書はちゃんと届いているようなのに、出欠の返事は来ないのだと幹事の誰かが言っていた。

もしも今からそばへいって、先生、と呼びかけたら彼女はどんな顔をするだろう――メニューの立て看板の向きを直しながら、俺は思った。あんなふうに黙って辞めていったくらいだから、昔の生徒から声をかけられるなんてかえって迷惑かもしれない。だけどこんな機会はそうそうめぐってこないだろうし、とぐずぐず迷っていたところへ、

「ねえ」

思わず飛びあがって返事をした俺を見て、彼女はちょっとけげんな顔になって言った。

「ここは、煙草《たばこ》を吸ってもいいのかしら」

申し訳ないけれども歩道に面した場所なので遠慮してもらっている、という意味のことを、俺は自分でも情けなくなるくらいしどろもどろで説明した。そうしながら、(煙草、吸うんだ)と思った。店の奥になら喫煙席があるがどうするかと訊くと、彼女は首を横に振った。

「いいわ。どうしても吸いたいってわけじゃないから」

どうもありがとう、と言ってほんの少しだけ微笑み、彼女はまたちらりと時間を確かめた。細い手首に巻きついた大ぶりの時計が、夕暮れの光を反射して控えめに輝いていた。

その時計のほかに、彼女はアクセサリーをほとんどつけていなかった。ベージュのシャツブラウスも同系色のスカートもあっさりとしたデザインのものだったし、化粧だって、しているのかいないのかわからないくらいだった。

それでも、道を行く人が通りすがりにちらっと見ずにいられない、そんな独特の雰囲

気が彼女にはあった。あたりから浮くほど目立つというのではなくて、自然にすうっと目が吸い寄せられるのだ。曲げ木の古びた椅子に、小鳥がとまるみたいなさりげなさで彼女が腰かけていると、まるでここがヨーロッパの街角の由緒あるカフェのように思えてくる。彼女がそこに座っているだけで、店の格までがぐんと上がってみえるのだ。

今はいったいどんな仕事をしているんだろうと俺は思った。今でも教師をしてるんだろうか。それとも、どこかの会社に勤めているんだろうか。あるいは、とっくに結婚して子どもの一人や二人いて、今日はたまの息抜きで女友達と待ち合わせたとか、そういうことなんだろうか。

つい長々と見とれていると、視線に気づいた彼女がふと目を上げ、不思議そうに首をかしげた。

どきりとしながらも、今だ、行け、と思った。〈俺のこと覚えてますか〉でも、〈ちっとも変わってないっスね〉でも何でもいい、今を逃したらこんな偶然はもう二度と……。

その瞬間、彼女の視線はつい、と俺の後ろにそらされた。

待ち合わせの相手が現れたのだった。

記憶のいれものというのはたぶん、古ぼけたオルゴール付きの小箱みたいな姿をしているんだろう。見た目は何の変哲もなくて、だからふだんはそんなものが自分の中にあることさえ忘れている。でも、何かの拍子に見聞きしたものが鍵となり、それがたまたま鍵穴にぴたりと合うと、おもむろに箱のふたがひらきネジがまかれて、思い出にたちまち色や音がついてあふれだす。

　俺の中には、そういう箱がいくつも転がっている。何度も取りだして眺めたいものをおさめた箱。一日も早く忘れたいものばかりを集めた箱。中身を分類したのはもちろん俺自身だ。

　けれど、細心の注意をはらって整理しておいたつもりでも、どういうわけか中身はしょっちゅうひとりでに、まるで夜になると動きだすおもちゃの兵隊みたいに入れ替わっては俺を不意打ちする。せっかくじいちゃんやばあちゃんの思い出を取りだすつもりでふたを開けたところへ、いきなり母親の顔と声が飛びだしてくる、といった具合に。

〈お利口さんにしてたら、また会いに来るからね〉

　いったい何度、そう言われたことだろう。言われた数だけ、俺は信じた。

　あの頃、俺の両親は毎晩のように、別れる別れないで揉《も》めまくっていた。すったもんだの末にようやく別れることが決まると、今度はどちらが五歳の息子を引き取るかで揉めまくった。俺が隣の部屋で聞いていることなどおかまいなしで、とにかく互いに一歩も譲らなかった。自分が引き取ると言って譲らなかったわけじゃなく、逆に、なんとかして俺を相手に押しつけようと責任をなすりつけあっていたのだ。

だいぶ後になって知ったことだが、当時、母親には男がいた。父親にも、女がいた。どちらの浮気が先かは知らないが、結局はおあいこだし、どちらにとっても俺は邪魔なコブだったわけだ。案外気のあう夫婦だったとも言えるだろう。

見かねて俺を引き取ってくれたのは、母方の祖父母だった。というか実際には、早く男のところへ行きたい一心の母親が、ちょっと遊びに来たふりを装って俺を実家へ連れていき、さっさと自分だけいなくなってしまったというのが真相に近い。息子を置き去りにするのにそれほど安心な場所もないだろうから、これまた案外子ども思いの母親だったと言えるのかもしれない。

俺らがそれまで住んでいた家は大泉《おおいずみ》学園のはずれにあって、母親の実家はそこからバスに乗って十五分くらいのところだった。狭いバス通りに面して、小さい薬局と小さいクリーニング屋と小さい酒屋がぽつりぽつりとあり、どの路地を折れてもあとは庭木に埋もれた古い家と安アパートがくり返し現れるだけの、寂れた感じの住宅地だった。

そんな町の一角で、祖父母はずいぶん昔から床屋を営んでいた。自宅の一階を改装した『タカノ理容室』の入口には、赤白青のらせんが回るおなじみの柱が据えられ、季節ごとの鉢植えや盆栽などが飾られていた。朝十時から夜七時まで、祖父はその店で男の髪を刈ったりヒゲを剃《そ》ったりし、祖母はそれ以外にも、時々来る女性客の髪を切ったり巻いたりしていた。客はほとんどが互いに顔見知りで、小さい俺はご近所のうわさ話や、さきさきと気持ちよく切れるハサミの音や、シェービングクリームの匂いやなんかに包まれて一人で遊びながら育った。

おおかたの子どもがそうであるように、俺も母親のほうになついていたから、わりに頻繁に会いに来てくれる親父《おやじ》よりも、めったに会いに来ない母親をそれこそ全身全霊をかたむけて待っていた。じいちゃんもばあちゃんも本当に可愛《かわい》がってくれたし、そのことは小さい俺にもわかっていたが、それでも母親を求める気持ちは変わらなかった。あれほど強く何かを望んだことは、これまでの二十一年を通してほかにない。

年にほんの二度ほど、自分の気が向いたときだけふらりと顔を見せる母親は、気が済むとすぐまた俺を置いて帰ってしまうくせに、別れ際にきまってこう言った。

〈お利口さんにしてんのよ。慎ちゃんがお利口さんにしてたら、また会いに来るからね〉

ふざけるな、もう二度と来んでいい！　と、最初の頃じいちゃんが怒鳴った時、俺はその足にしがみついて大泣きした。

〈やめてよお、ママほんとに来てくれなくなっちゃうよお、やめてよお！〉

ばあちゃんが慌てて中に入り、大丈夫だよ、ママすぐまた来てくれるから、と取りなしてはくれたが、ほんとうに母親が次に顔を見せてくれるまでの数ヶ月間、俺はそのまま捨てられてしまう恐怖におびえ続けていた。

俺の毎日は、ただひたすら母親を待つためにあった。彼女に来てもらうために朝早く起き、彼女に来てもらうために飯を残さず食った。食べものの好き嫌いも、わがままも言わなかった。小学校の宿題もちゃんとやったし、友だちとけんかもしなかった。もしもこの世に〈お利口さんコンクール〉なんてものがあるとしたら間違いなく一等賞をとれるくらい、あのころの俺は聞き分けのいい子どもだったと思う。

でも、あれは四年生の終わり頃だったか、母親が何人目かの男にくっついて仙台かどこか遠くへ行ってしまい、まったく顔を見せなくなった時になって、俺はやっと気づいたのだった。

〈お利口さんにしてたら、また会いに来るからね〉

いつだって、〈会いに来る〉だった。ただの一度でも〈迎えに来る〉と言ってくれたためしはなかった。捨てられる恐怖もへったくれもありはしない、俺はもう、とっくの昔にあの女に捨てられていたのだ。

俺が、人に期待することをやめたのはその時からだ。人間不信と呼ぶほど深刻ではないにしろ、すべてに醒《さ》めてしまったというか、ある意味用心深くもなり、誰と何を約束するにしても半分くらいは相手を疑ってかかるようになって、そのぶん実際に裏切られた時でもあまり腹が立たなくなった。あたまから人を信じて何かを期待できるのは、自分が報われるに値すると思えばこそだ。母親からも捨てられるような俺に、人から報いてもらえるほどの価値があるとはとうてい思えなかった。

だから、俺が中学に上がる間際、親父がどうやら足かけ七年つき合った女と別れ、よほど寂しかったのか息子を引き取りたいと言ってきた時も、俺は黙って承知した。親父の調子のよさに腹が立つ一方で、そうして望まれるだけでも嬉しかったのだ。俺としては本当はじいちゃんとばあちゃんのところにいたかったけれど、それを口に出して万一いやな顔をされたらと考えると、怖くて言いだせなかった。でも、これは土壇場でナシになった。別れ際にばあちゃんが、とっくに自分より背の伸びた俺の体に腕をまわしたっきり誰が何と言っても離そうとしなかったからだ。

それから五年足らずの間、俺らは三人で穏やかに暮らした。じいちゃんは相変わらず男の髪を刈り、ばあちゃんは女の髪を巻いた。

いわゆる門前の小僧の発展形で、俺は中学一年の終わりにはすでに、子どもの散髪ぐらいならできるようになっていた。何しろ毎日のように二人の手元を見て育ったわけだし、夏休み中の退屈しのぎにふと、俺にもできるかな、と言ってみたら、じいちゃんが面白がって基本から教えてくれたのだ。

もちろんお客の頭まではさわらせてもらえなかったが、そのかわり内緒で小遣いを稼ぐぐらいのことはできた。友だちの頭を刈ってやり、そいつが親から散髪代として渡された金の半分をもらうのだ。俺も満足、そいつも満足という、人間関係の原理原則を満たす素晴らしい商売だった。いっぺんだけ誰かの耳をちょこっと切ってしまい、血を見たそいつが卒倒したケースを別にすれば、この古幡《ふるはた》移動散髪店の経営はおおむねうまくいき、高二の文化祭のある出来事をきっかけに俺自ら嫌気がさしてやめるまで続いた。

自分の孫がそんな小遣い稼ぎをしていることを、じいちゃんが知っていて黙っていたのかどうかは、今となってはわからない。じいちゃんが亡くなったのは、その年の秋だった。胃ガンでしばらく入院した末の、本人にもまわりにもつらい死だった。

以来、俺はばあちゃんと二人きりで暮らしている。親父はその頃にはもう今の人と付き合うようになっていたから、俺たちに一緒に住もうとは言わなかったし、たとえそう言われていたとしても、俺は今度こそきっぱり断っただろう。いいかげん年老いた未亡人を、故人の思い出でいっぱいの家と店から引きはがすなんて残酷すぎる。

そのかわり、親父は今や、俺の学費はもとより、俺ら二人の生活にかかる金の一切を出している。贅沢《ぜいたく》はできなくても普通に暮らしていくには困らない額だ。

にもかかわらず、ばあちゃんはいまだに、火曜日以外はちゃんと決まった時間に店を開ける。シャンプーやカットはもちろんのこと、ロッドの用意からパーマ液の調合まですべてを自分一人でやらなくてはならないから、客は一日につき二人か三人がせいぜいだったが、予約が入っていいようといまいと毎朝きちんと店の床を掃除し、せかせかとせわしなく窓を拭き、道具を整理するのをやめない。きれいにしておかないとウチノヒトに叱《しか》られる、というのがばあちゃんの口癖だった。ばあちゃんがウチノヒトと言うと、それはまるでじいちゃんの名前のように聞こえた。

「ウチノヒトのことだから、あの世へ行ってからも気になって、いつひょっこり覗《のぞ》きに戻ってこないとも限らないでしょうよ。ほんとにまあ、病気じゃないかってくらい神経質で細かい人だったからねえ。長いこと連れ添ったおかげで、あたしまですっかりきれい好きになっちゃって」

いつも後ろにひっつめている髪の生え際がすっかり白くなったのを、ごく淡い藤色に染めているのがばあちゃんにはよく似合っていた。

バイトがない日にたまたま早く帰った時など、店のシャッターがまだ開いていることもあって、ガラスに白い字で『タカノ理容室』と書かれたドアから入ると、馴染《なじ》んだ匂いが俺を包んだ。パーマ液やシャンプーや、シェービングクリームの入り混じった匂い。

決して不快ではない匂いなのに、それは俺の中では母親を待ち続けていたあの日々の記憶とどうしようもなくつながっていて、たとえば直前に見た夕焼けの色合いとか、風の冷たさ、遠くから子どもが誰かを呼ぶ声、そんなふうな〈鍵〉との組み合わせひとつで、例の記憶の箱のふたがパカッとはずれてしまいそうになる。

だから俺は、店のドアを開けるときはいつも用心するようにしている。ふだん、昔のことをできるだけ考えないようにしているのも、同じ理由からだ。


とはいえ、あの日だけはちがった。

あの雨上がりの夕方、久しぶりに耳にした斎藤先生の懐かしい声と、彼女が腕時計をのぞく仕草とが俺に思いださせたのはどれも、胸の奥がきゅっと小さく鳴き声をたてるような柑橘《かんきつ》系の記憶ばかりだった。

1年C組の教室から毎日眺めていた風景。午後の眠たいざわめき。黒板拭きの日向《ひなた》くさい匂いや、椅子の脚が床をこする音。前のやつのかばんからはみ出ている漫画雑誌、机の端にコンパスで彫られた誰かのイニシャル、斜め前の席に座った女子の白いうなじと、まっすぐな髪をまとめた赤いゴム……。

ひとつの記憶がまた次の記憶へと糸をたぐるようにつながっていき、なんだか体まで、あの頃のようにひょろりと軽くなった気がした。映画のようにというよりは、早送りのスライドショーのように断片的で、でもそれぞれの色や音はくっきりと鮮やかだった。昔の白黒写真にあとから色をのせたみたいに、いっそ不自然なほど鮮やかだった。

〈もったいないなあ、せっかくいい声してるのに〉

思いだすたび、心臓がどくんと脈打つ言葉。斎藤先生の思い出をたぐりよせると、まずはその言葉がよみがえってくる。

俺の席は窓際から二列目の真ん中よりやや後ろ、なぜだか授業中によく指される席で、それは現国の時間も例外ではなかった。そのとき俺は、教科書の詩を朗読させられていた。やたらとつっかえたり漢字を読みまちがえたりするたびに、女子の間からはくすくすと笑いが起こり、でもそれはどちらかというと好意から出た笑いであることが感じ取れたので、俺は内心ひそかに調子をこいていた。

〈ちょっと古幡くん、頼むわよ〉斎藤先生は途中でたまりかねて言った。〈これ、私の大好きな詩なのに、そんなによろよろつまずきながら読んでもらったんじゃ感動も何もあったもんじゃないでしょうが。もったいないなあ、せっかく朗読向きのいい声してるのに〉

クラスの連中に冷やかされて、俺の顔は少し赤くなっていたかもしれない。

〈あのね。詩っていうのはね、音楽みたいなものなの。歌と同じで、メロディもあればリズムもあるの。あなたたちだってほら、カラオケに行って歌うでしょ？　そのとき、お経みたいに一本調子でおまけにつっかえつっかえ歌ったりしたら、歌ってるほうも聴いてるほうも気持ちよくないでしょ？　それと同じことよ。もっとこう、詩のことばの一つひとつを味わいながら、好きな歌を歌うみたいな気持ちで声にだして読んでごらん。つっかえるどころか、すぐにでも暗誦《あんしよう》できちゃうから。ええとみんな、暗誦ってわか

る?〉

見ないでも言えるようになること、と女子の誰かが答え、たちまち教室がざわついた。こんな長いの覚えられっこねえじゃん、と叫ぶやつ、さっそく覚えてみせようと声に出して読み始めるやつ。——五年前の高校一年生はたぶん、今の高一よりずっと素直で幼かったのだ。

〈はいはい、静かに〉指揮者みたいに手をあげてみんなを黙らせると、先生は続けた。〈よし。せっかくいい機会だから、この際、みんな一つずつ自分の好きな詩を選んで暗誦しよ?〉

嵐のようなブーイングを涼しい顔で受け流し、

〈誰の詩でもいいわよ。外国の詩人でも、日本人でもいい。中国の詩にも素敵なのがたくさんあるしね。うんと昔の時代のでも、もちろん現代のでもいいわ。詩集は、図書室に行けばたくさん置いてあります。おうちの人にも訊いてごらん。お母さんか誰かが、好きな詩集の一冊くらい持ってるかもしれない。リルケとか、金子みすゞとかね。とにかく、この単元が終わるまでに一つ選んで覚えて、最後はみんなの前で一人ずつ発表しましょう。ね?〉

そんなふうに立って話しながら、片手に教科書を持ったまま腕組みをするのが先生の癖だった。そうするとはからずも胸がきゅっと寄せられるかっこうになって、俺は内心気が気ではなかった。胸のあいた服なんて先生は着なかったし、だからいちいち気にする俺がどうかしていたのかもしれないが、とにかくちょっとでも他の男どもの視線がそこに留まるのが許せなかったのだ。

とはいえ、そうやってみんなに向かって話す時の先生は文句なしにきれいだった。俺らよりよほど目がきらきらしていて、授業をすることそのものを楽しんでいるように見えた。

でも、彼女の姿はある日学校から消えた。俺らは高校二年に上がった始業式の日に、壇上の教頭の言葉で初めて、彼女が辞めていったことを知らされた。

あんまり突然のことで、女子の中には涙ぐむやつもいた。俺だって、ほんとうは泣きたかった。自覚していたよりもずっと強く、十六の俺は息をひそめるようにして彼女を見つめていたのだ。あの年代にしかありえないようなひたむきさで、少しでも彼女のことを知ろうとしていた。


今になっても、あの頃の気持ちをこんなにもありありと思いだせることに自分で驚いてしまう。いや、思いだすも何も、ほんとうは忘れたことなどなかったのかもしれない。ただ記憶の箱の鍵を開ける機会がなかっただけで、彼女はずっと俺の中のどこかに——それこそ声を聞いた瞬間にふり返ってしまうほど近くに、眠っていただけなのかもしれない。

　五年ぶりに彼女を見かけたあの時、思いきって声をかけなかったことを、俺は後になってずいぶん後悔した。ぐずぐず迷ったりせずに彼女だと気づいた時点でさっさと声をかければよかった、いっそのことヤマダがオーダーを取っているところに割り込んででも声をかければよかったのだ、と。

　そうすれば、事はもっとシンプルに運んでいただろう。俺が名乗れば彼女はきっとお義理ででも懐かしそうな声をあげてくれたろうし、そこへやってきた待ち合わせ相手の男にも俺のことを昔の教え子だと紹介し、またゆっくり遊びに来るわねと手をふって二人でどこかへ食事に出かけ、そしてそれきり二度とあの店には姿を見せなかっただろう。俺もしばらくは彼女が現れるのを待つかもしれないが、そのうちにあきらめ、やがて忘れるともなく忘れていき、あとにはまた退屈で平和な日常が戻ったことだろう。今みたいに〈夏姫さん〉の部屋に出入りしたり彼女を抱いたりはできなかったろうけれど、そのかわり〈斎藤先生〉への想いは一生、胸の奥の特別な箱に大切にしまわれたことだろう。

　でも、実際には俺はとうとう声をかけずじまいだったし、一度目に機会を逃すと次からはよけいに切りだしにくくなった。おかげでそれからの二ヶ月あまりの間に何度も、彼女がスーツ姿の男と待ち合わせ、連れだって店を後にするのを見送る羽目になってしまった。

いつも待ち合わせる相手の男が、今の恋人であることははっきりしていた。俺の知る限り、彼女があのカフェで別の男と会ったのはたったの一度きりだ。それだって、話していたのはほんの十分程度だったし、おまけに後から現れたそいつは、水だけ飲んで先に帰ってしまった。

俺は、そいつが誰かも知らなければ、そばで話を立ち聞きしたわけでもない。

だから、言えることはせいぜいひとつしかない。

——その男と話している時の彼女が、いちばんきれいだった。

2

人は、頭が痛みでもしない限り、頭の存在を意識することはない。歯が痛くならないと、歯のことなんていちいち考えない。

それと同じで、俺は先生のことを想って胸が痛くなってみて初めて、自分にもそんな柔らかな感情が備わっていたことに気づき、そして戸惑った。今までだって女の子を好きになったことくらいあったが、顔を見るどころか姿を思い描くだけで、いや、名前を思い浮かべるだけで胸が苦しくなるなんて経験は初めてだった。

言葉にするのも恥ずかしいけれど、まるで初恋みたいだった。でも考えてみたら、俺がはっきりそれと自覚した初恋はまさに〈斎藤先生〉なのだ。それを思えば、今こんなふうに感じるのだって何の不思議もないことのような気もした。

ちなみに、これまで俺がそれなりにちゃんとつき合ったことのある相手には、ある共通点がある。すなわち——俺とは簡単に寝ないこと。

勝手なようだが、俺自身は、女の子とおしゃべりみたいに気軽にセックスするのが好きだ。楽しいし、気持ちいいし、何より面倒くさくない。でも、俺と同じ理由でそういうことをする女の子を本気で好きになったことは一度もなかった。何も、男は遊んでもよくて女はいけないとか、そういう意味で言ってるんじゃない。ただ、簡単に俺と寝るような子なら、いつか俺との関係に慣れた時、またすぐ他の誰かと同じことをくり返すに違いないという考えが頭から離れないだけだ。男なら多かれ少なかれそんなふうに考えるものだと思うが、俺の場合はほとんど強迫観念といえるくらいその傾向が強かった。

たまにしかないことだけれど、一、二度楽しく寝ただけの相手が俺に特別の好意を示しはじめると、すぐに会うのをやめた。逆にこっちが好きになってしまいそうな時も、やっぱり会うのをやめた。わずかでも信じた相手に置いていかれるのはもうまっぴらだった。もう二度と、来るあてのない誰かを待ちたくなんかなかったし、ましてや捨てられたくはなかった。そうやって必要以上に頑《かたく》なになってしまうあたり、俺はたぶん、自分で思っている以上に怖がりなんだろう。

でも、斎藤先生の姿を目にするときだけは不思議と、俺の中からいつもの警戒心みたいなものが消えていた。

テラス席に座った彼女がきれいな脚を組んで文庫本を読んだり、何か飲みながら道ゆく人を眺めたりしている姿をこっそり盗み見るとき、俺の胸を満たすのはひたすら無防備でシンプルな、それこそ十六の頃に返ったかのような憧れの気持ちだった。まるでショーウィンドウ越しに手の届かない宝石を見つめるような、そんな狂おしくも罪のない独占欲。彼女にとって、俺が単なる行きつけのカフェの店員でしかなくてもかまわなかった。最初のうちこそ、名乗るに名乗れなくてじれったかったその半端な距離感も、慣れてしまえば何ひとつ先を期待しないで済むぶんだけ楽だった。

同年代の（身持ちの堅い）女の子を好きになる時の気持ちと、先生への気持ちはずいぶん違っている気がしたけれど、だからといって彼女に対して、子どものころ母親が与えてくれなかったものを求めているつもりもなかった。そのどちらも違うように思えるあたり、もしかすると両方が同じくらい混ざっているからなんだろうかとも思ったが、やっぱりよくわからなくて、俺はそれきりその問題を忘れてしまうことにした。

もちろん、その問題にふたをして鍵をかけることができたからといって、どうしようもなく彼女へと向かってしまう気持ちにまで鍵をかけることはできなかった。

夏の終わりから秋に向けてだんだんと日が短くなっていくのと反比例するように、毎日の中で斎藤夏姫という一人の女性の姿を思い浮かべる時間は少しずつ長くなっていった。

そういう時には、部屋の窓から真っ青な空を飛ぶ赤とんぼを眺めているだけでも、心臓の隅のほうがきゅっと絞られ、小鼻がひくひくして、わけもなく泣きたくなったりする。

今朝もそうだった。月曜日にはいつものことなのだが、また一週間が始まるのかと考えただけでかったるく、いっそ午前中は全部とばして午後の語学だけ受けるかな、と思いながら窓際に寄せたベッドに座って外を眺めていたら、いきなり部屋の入口が開け放たれ、

「いつまで寝てりゃ気が済むん……」

ばあちゃんだった。

「なんだい、起きてんのかい。起きてんのならさっさと降りといでよ」

いつ階段を上がってきたのか、さっぱりわからなかった。足音も、気配もしなかった。

俺は、げんなりして言った。

「頼むから、開ける前にノックでもしろよ」

「ばかだね、ふすまノックしたら破れちまうじゃないか」

築四十年をこえるこの家にはドアなんて気のきいたものはなく、障子やふすまでさえも、閉めていると〈なんだろうね水くさい〉と文句を言われる。おまけに壁まで薄い。バイトを始めてようやく自分の携帯を持ち、外で電話をかけたりメールで連絡を取り合ったりできるようになる前は、ばあちゃんに秘密を持つなんてことはまず不可能に近かった。プライバシーなんて概念、このひとにはいくら説明したってわかってもらえないだろう。

「相変わらずきれいな部屋だねえ。押入れでキノコ狩りができそうだ」

「嫌なら入ってこなきゃいいだろ」

「ふん。なんだかずいぶんと、おセンチになってるじゃないの。さては好きな子でもできたかい」

「おセンチってそれ、いつの時代の言葉だよ」と、俺はどうにかごまかした。「で、何か用？」

「ちょっと腰揉んでおくれな」

「ええ？　今？」

「今だよ、今すぐ」

相変わらずせっかちなばあさんだ。

「俺、まだ朝飯も食ってないんだけど」

「そんなのは、起きてこないあんたがいけないんだろ」

とはいえ、こんなふうにばあちゃんのほうから頼みにくるのはめったにないことだった。ごくたまに俺が揉んでやろうかと言っても、けっこうだよ、と意地を張ってばかりなのだ。昨日とおととといは七五三が近い関係で客が多かったから、さすがに立ち仕事の疲れがたまったのだろう。俺は、仕方なくベッドからおりた。

「じゃあ、うつ伏せになんな」

「……ここにかい」

ゴキブリの死骸《しがい》でも見るかのような目つきで、ばあちゃんが俺のベッドを見おろす。

「しょうがないね。あと二十分で客が来るんだから早くしとくれ」

人にものを頼む態度とはとても思えなかったが、口で勝てるわけがないのはわかっている。ばあちゃんが老人特有のぎくしゃくとした動きでうつ伏せになるのを気長に待ち、俺は言われたとおり腰を揉み始めた。

「どのへんが痛いのさ」

「もうちょっと上。腰っていうより背中のほうかね。ああそこそこ。……しっかしまあ、オットコくさい枕だねえ。このカバーやらシーツやら、いったい何年洗ってないんだい」

「ばあちゃんこそ人のベッドにババくさい匂いつけんなよな」

「いいから、あとで出しときなよ。洗ってやるから」

何だかんだと憎まれ口をたたきながらも、俺が背骨の脇のツボをさぐりあてて親指でぐっぐっと押してやると、ばあちゃんはうっとりと溜《た》め息をもらした。妙に色っぽい溜め息だった。

「ああ、いい按配《あんばい》だ。そうそう、そうやって、できるときにババ孝行はしとくもんだよ」

「ババ孝行ね。じゃあ、そのうち俺が金貯めてマッサージ椅子でも買ってやるよ」

「ああ、アレねえ。いったい幾らぐらいするもんだろうねえ」

「知らないけど、十万くらいはするんじゃねえの」

「十万？　あんたがそれだけ貯めるの待ってたら、お迎えが来ちまうよ。あんたら若いもんと違って、あたしゃ時間がないんだ。表に黒塗りの車待たしてるようなものなんだからね」

「誰がわざわざそんな、ばあちゃんに迎えなんかよこすんだよ」

「ウチノヒトに決まってるだろ」

「あ、そりゃ無いって。じいちゃんだってやっと離れられてせいせいしてるさ。今ごろはあの世で美人はべらして、鼻の下のばしてんじゃねえの」

「ならお互い様だ。あたしだってこうして若い男に腰揉ましてんだから」

「孫だっつの」

「孫でいいよ。十万円のマッサージ椅子なんかより、たとえ一回につき千円渡してでもあんたに百回揉んでもらったほうが、あたしゃずっといいね」

「じゃあ、よこせよ千円」

「もののたとえだよ」

客が来るという時間まではまだ少し間があったが、適当に切りあげてやった。途中で何やら急に、まじめにババ孝行している自分が気恥ずかしくなってしまったのだ。

「ったく、何がお迎えだよ」と、俺はそれでもちょっと痛くなった親指を握りながら言った。「こんな口の減らねえばばあ、そう簡単に死ぬわけねえだろ。地獄の入口で門前払いされるっつの」


カフェにやって来るたいていの客は、馴染みになるとオーダーのついでに俺たちと軽く言葉を交わしたり、そこまでいかなくても笑顔くらい見せてくれるようになるものだ。

でも、彼女はどんなに回数を重ねても、初めて来た客のような態度を崩さなかった。

お高くとまっているのでも無愛想なのでもないのだけれど、とにかく自分のテリトリーにずかずか踏み込まれるのが嫌いなことだけは確かだった。めったなことでは人に馴れない野生の生きものみたいで、俺はそんなところにも強く惹《ひ》かれた。俺に向かって笑ってくれないなら、ほかの誰にも笑って欲しくないとまで思った。

このごろではもう、彼女が姿を現す時間帯には、街路樹の下に街灯がともるようになっていた。

そのほとんどの日を、俺は逃さずに見届けることができていたと思う。当初は週に二日だったカフェでのバイトを、一つや二つ単位を落としてもかまわない覚悟で、土曜を含む週五日に増やしてもらっていたからだ。消極的なストーカー、と言えなくもない。

雨だとか、あるいはよほど冷える夜以外は、彼女は頑固なまでにテラス席を選んだ。店内だとテーブル同士の間隔が狭いのが嫌なのかもしれない。そうして俺かヤマダが行くと、何か温かい飲み物と、時には小さいタルトを頼み、それからおもむろに文庫本を取りだして静かにひらくのだ。脚を組み、テーブルに頬杖《ほおづえ》をついて読むのが彼女の癖だった。文庫本をそっと抜き取って教科書と取り替えてしまえば、そのまま五年前の教室にタイムスリップしそうだった。

たいていの場合遅れてゆっくり現れる彼女の恋人は、めがねをかけた優しげな感じのサラリーマンだった。どうやらそいつの勤め先がこの近くにあるらしかった。そいつと待ち合わせるために彼女が現れるのも平日ばかりで、十日も間があくこともあれば中一日のこともあったがいずれにしても平日で、だから土曜日のバイトは俺にとって、少しだけ時給がいいことを除けばつまらない一日だった。

ただ、半月ほど前に一度だけ、彼女がめずらしく土曜の午後に現れたことがある。

十月の終わりの、よく晴れた日だった。プラタナスの葉は色づきはじめ、そのギザギザの輪郭が濃紺の空にくっきりと映えていた。下から光を透《す》かして見ると、それはまるで緑から黄色にかけてのグラデーションだけで作られた繊細なステンドグラスのようにみえた。

あとから考えてみると、その日の夏姫さんはいつもよりずっとそわそわして、何度も時計を確かめていた気がする。

やがて目の前の歩道の路肩に、古ぼけたワゴン車がするすると寄ってきてとまった。運転席のドアが開き、えらくガタイのいい職人風の男が、何か四角い包みを小脇にかかえて降りてきて、夏姫さんに向かってひょいと手をあげるついでに頭に巻いていたタオルをむしりとった。色褪《いろあ》せた黒いトレーナーにも、デニムのカーペンターパンツにも、ありとあらゆる色のペンキのしみがこびり付いていた。

もちろん今どきはファッションで頭にタオルを巻く奴ぐらいいるし、リーバイスからヘルムート・ラングに至るまで、多くのブランドがペイント付きのジーンズを作っている。でも、その男の場合は、そういうのとは明らかに違っていた。何というか、あまりにも板に付いていたのだ。医者に白衣が、軍人に迷彩服が切っても切り離せないのと同じように、その男にとってペンキだらけの服があくまでも仕事着であることは一目瞭《いちもくりょう》然《ぜん》だった。

俺が水とおしぼりとメニューを運んでいくと、

〈あ、すいません。自分は結構ですから〉

汚れた手をタオルでぬぐっていたそいつは、こっちを見上げながらまぶしそうに片目を細めて言った。

〈車もすぐ出しますんで。申し訳ない〉

無精髭《ぶしょうひげ》のせいで年がよくわからないが、おそらく先生とそう違わないんじゃないかと思う。ガタイのわりに腰の低い男だな、と思いながら俺は一礼し、水とおしぼりだけを置いて下がった。

まだ混む時間帯には間があったし、テラスに面した折れ戸は開け放ってあったから、店の中にいても少しは話をもれ聞くことができるだろうと思ったのだが、他の客のオーダーが入ればどうしてもそっちに集中せざるを得ない。結局のところ俺がわずかに把握できたのは、その男が抱えてきたのが二枚のキャンバスで、どうやらそれを彼女が預かろうとしていることくらいだった。どんな絵が描かれているのか、ものすごく気になったが角度が悪くて見えず、ただ表情からすると彼女はそれを気に入ったようだった。

〈こんな透きとおった光、どうやったら描けるの？〉

近くのテーブルに飲み物を運んでいった時、彼女がそう言うのが聞こえた。キャンバスの表面に触れないように、彼女はそっと手をかざしていた。まるでそこから何かの思念を読みとろうとしているかのような手つきだった。

〈あなたの絵って、いつもそうよね。森でも空でも草原でも、光がすごく印象的で〉

そうかな、と男は言い、頬をふっとゆるめた。浅黒く灼《や》けた肌のせいで、少しだけこぼれた歯の白さが際立っていた。

〈けど、ほんとに本気なのかよ〉

〈その話はもう済んだでしょ？　それとも、私が信用できない？〉

〈いや、そういうことじゃなくてさ〉

〈いいじゃない、ちょっと任せてみてよ。結果はちゃんと報告するから〉

〈まあ――それでお前の気が済むんならいいけど〉

男がグラスの水を飲みほし、来たときと同じように片手をあげて車で去っていった後も、彼女は預かった紙袋からもう一度キャンバスを取りだして愛《いと》しそうに見入っていた。

口もとは確かに微笑んでいるのに、どうしてだろう、ひどく哀しそうにも見えて、俺は思わずそばにしゃがんでそっと声をかけたい気持ちにかられたけれど、もちろんそんなことはできなかった。

すぐそこにいるのに、彼女はあまりにも遠かった。

まるで彼女だけ、ここではない別の時間を生きているみたいに。


ようやく俺が先生と言葉を交わしたのは、ばあちゃんの腰を揉まされたその週の金曜日のことだった。

日が暮れかかる頃になって、店長の鈴木さんが俺を呼んだ。

「悪いけど古幡くん、手が空いたらでいいから、ひとっ走りそこのスーパーまで行ってきてくれないかな」

「いいですよ。何スか」

「いや、トイレットペーパーなんだけどね。いま見たら、男女合わせてあと四ロールは新しいのがあるんだけど、今夜はほら、お客さん多そうだしさ。終わりまでもつかどうか、ちょっと微妙でしょ」

保険会社の営業がつとまらなくてとうとう辞め、

〈飲食店だったらこっちから行かなくてもお客が向こうから来てくれると思って〉

と、カフェの雇われ店長に再就職した彼は、三十になったばかりなのにすでに頭の薄い、たぶん一生太れなそうな男だった。ふだんから俺のことを、古幡くんは気働きしてくれるから、と可愛がってくれていて、だからというわけではないが、俺の知っている大人の中ではたぶん二番目か三番目くらいにまともな人物だった。

「じゃあついでに領収証も買っときましょうか」と俺は言ってみた。「さっきレジんとこ見たら残り少なかったし」

「ああ、そりゃ助かる。悪いね」

千円札を二枚渡しながら、店長は、悪いね、とくり返した。

ヤマダなんかは同じ学生アルバイトの身分だから、バカだなお前、いくら気ィきかせたって時給は変わんねえのに、などと言って笑っているだけだが、やりにくいのは、たまたま俺がほめられるようなことがあるたびに、三つ年上の先輩店員がいちいち面白くなさそうな顔をすることだった。そいつは契約社員で、そんなに面白くないなら自分も動けばいいだろうと思うのだが、そういうことにさえ気が回らないらしい。今日だってトイレットペーパーの残りが「微妙」になってしまったのも、当番だった彼が仕事を怠ったか、少なくとも読みが甘かったせいなのだ。

結局、そのおかげで俺は、この夜の決定的瞬間を見逃してしまった。

「なーんかこう、ヤバそうな感じはしたんだよ」と、全部終わってからヤマダが教えてくれた。「いつものあの彼氏、俺が水持ってった時からもうえっらい不機嫌だったもん。

そんでしばらく彼女に向かって一方的にぶちぶち怒ってたと思ったら、いきなりアレだもんなあ」

店が混んでいたせいで、斎藤先生は入口を出てすぐのところの一つだけ空いていたテラス席に座って彼氏を待っていたらしい。客がざわついたのに気づき、ヤマダがひょいと外を覗くと、すでに事は起こった後だったそうだ。

俺がトイレットペーパーの袋をぶらさげて裏口から戻ってきたのはこの時だった。厨《キッ》房《チン》の連中までが手をとめて外のほうをうかがっているので、何かと思って見に行こうとしたら、ちょうど店長自らがふきんを手に俺の横をすりぬけるようにして走りだしていった。つられて入口に駆け寄ってみると、すぐそこに座っていたのは斎藤先生で、淡いブルーのツインニットは胸のところが真っ茶色に濡れそぼっていて、俺はとっさに彼女が飲んでいたものをこぼしたのかと思ったが、そうではなかった。向かいの席では腰を浮かせた男が荒い息をついていた。やつは、あろうことか自分の恋人にコーヒーをぶっかけたのだ。

大丈夫ですか、よかったら洗面所をお使い下さい、こぼれたお飲み物もすぐ代わりをお持ちしますから——と、店長がそこまで助け船を出してやったのに、馬鹿な男は乗らなかった。

「もういっぺん言ってみろ!」

シンとなった店先に響く声が、情けなく裏返っていた。おそらく目の前のカップをつかんだところまでは夢中だったのが、ぶっかけた瞬間に後悔したのだろう。この世の中、そう悪質な人間というわけでなくても、血がのぼると口より先に手が出る男はけっこういるものだ。へんに注目を集めてしまった手前、今となっては引っこみがつかずに大声を出している、そんな後ろめたさが透けて見えていた。

一方の先生は、やつとは対照的に、こわいくらい冷静だった。

「もうやめて。他の人に迷惑だから」茶色くなったふきんを、ごめんなさいね、と店長に返す。

「あの、お客様、やけどは……」

「大丈夫です。もう冷めてましたから」隣の椅子から革のバッグと白っぽいコートを取って立ちあがり、彼女は男を見もせずに言った。「とにかく、出ましょう」

「うるさい！　今すぐ答えろよ」

「うるさいのはあなたのほうでしょう？」

バッグから財布を取りだしながらそばを通ろうとした彼女の腕を、男はつかんで引き戻した。

「おい。せめて謝れよ」

「出てからにしましょうって言ってるの」

「二股かけといて開き直るつもりかよ」

「だから、あのひとはそんなんじゃないってさっきから……」

言いかけたものの途中でうんざりしたように口をつぐむと、彼女はゆっくりと、けれどきっぱりと、男の手を振りほどいた。濡れて胸に貼りつくセーターをつまんで見おろし、ふう、と大きな溜め息をつく。そして言った。

「もう、いい。お話にならないわ。あなたはどうせ自分の信じたいことしか信じないんだし、私のほうは謝る気なんてこれっぽっちもないから、要するにずっと平行線ってことね。あとはどうぞお好きに。私は帰ります」

人前でそこまで言い切られてしまっては、さすがに立つ瀬がない。

男がキレて殴《なぐ》りかかるんじゃないかと思った俺はいつでも飛びかかれるように身構えたのだが、やつは怒ることさえ思いつかない様子であっけにとられたように立ちつくしていた。それくらい、彼女の口調は冷たく醒めきっていて、すでに男をすっぱり切り捨てていた。

彼女は隣のテーブルのお客さんに黙って頭をさげ、店長のほうにも頭をさげてから、くるりときびすを返し、入口に立っていた俺をまっすぐ見すえた。

「お勘定、お願いできます？」

慌てて入口脇のカウンターの中に入り、俺は彼女のさしだす茶色くふやけたオーダー票を受け取った。

　客たちのヒソヒソ話が神経にさわって、手元に集中できない。目の端に、外で店長が男に頭をさげているのが映る。立場が逆だろうが、と腹が立ったが、さすがの男もしまいには店長に頭をさげ返して、どうやらそのままおとなしく立ち去るつもりのようだった。

　数字をひとつずつ確かめては打ちこみながら、俺は思いきって言ってみた。

「浴びたコーヒーのぶんまで、お客さんが払うんですか」

　彼女は、目もあげずに苦笑しただけで答えなかった。

「あの……」なけなしの勇気を総動員して俺は言った。「よかったら、奥のロッカーに自分の予備のシャツがあるんですけど」

　ようやく彼女が顔をあげる。「――え？」

「いや、予備っていっても制服とかってわけじゃなくて、ここ白シャツだったら自分のでもいいんで、それで置いてあるんですけど……つまりその、よかったら着替えに使ってやって下さい。返すのなんて、べつにいつでもかまわないんで」

「そんな、大丈夫ですから」彼女は慌てて顔の前で手を振った。「上にコート着ちゃえばわからないし」

「でも、それじゃコートまで汚れちゃうじゃないですか。だいいち、濡れたままじゃ風邪ひきますよ」

「平気ですから、どうぞおかまいなく。おいくらですか？」

気丈に言って、さっさと財布を開けようとする。そのわりに、顔に貼りついた微笑はまだぎこちなくこわばっている。

まったく、こういう意地っ張りなところも全然変わってないよなと思いながら、俺は、ひとつ溜め息をついて答えた。

「九四〇円になります。——斎藤先生」

うなずいて千円札を抜き出しかけた彼女が、次の瞬間、ぎょっとなって俺を凝視した。幽霊を見るような顔つきだった。

「驚かせてすいません」と、俺はできるだけ気安く聞こえるように言った。「覚えてますか？　古幡慎一です、大泉東の」

ロウ人形みたいに固まっていた彼女の唇が、再び動くまでにいったいどれくらいかかっただろう。

「古……幡くん？」

まだ半信半疑の様子で彼女はつぶやいた。

「はい」

「……ってあの、1Cの古幡慎一くん？」

くことで、寄せられていた眉根《まゆね》がようやくひらき、とがっていた肩先からもみるみる力が抜けていく。

そして彼女は、たったいま自分の身に起こったすべてを忘れたかのような懐かしそうな笑顔を見せて言った。昔と少しも変わらない、あのものすごく良く通る声で。

「うそ！　あなた、ほんとにフルチン？」

「はい」

3

今夜は遅くなりそうだから鍵をしめて先に寝ててくれ、とばあちゃんに電話したら、さっそく釘《くぎ》を刺された。

〈へたして孕《はら》ませるんじゃないよ〉

そんなんじゃねえよ、このくそババ！　と言い返して電話を切った。

斎藤先生と二人きりで歩くのは、考えてみたら初めてのことだった。夜の街は人であふれかえっているのに、俺は隣ばかり意識してしまい、向かいから歩いてくる人をうまくよけられずにしょっちゅうぶつかってばかりいた。

結局あのあと、俺が強引に勧めたせいもあって、彼女は奥の事務室で俺のシャツに着替えた。彼女がはいていたのは紺色のきちんとしたパンツだったし、俺のシャツのほうは白い細身のボタンダウンだったから、裾をしまって袖をめくってしまえばまったく問題なくて、むしろ女らしいツインニットよりもそういう格好のほうが彼女には似合っているくらいだった。

乾いた服に着替えてしまうとどっと気がゆるんだのか、彼女は俺のバイトが終わるまであと一時間待っていてもいいかと言った。いいかも何も、悪いはずがなかった。もしかして、あの男の待ち伏せを怖れているのかもしれない——そう思ったら、俺は一気に彼女を守るボディガードみたいな勇ましい気分になり、その勢いで、よかったら家の近くまで送っていきます、とまで言ってしまった。

厨房《キッチン》の奥の通用口のほうから二人で出ると、

「せっかくデートもキャンセルになったことだし……」先生は後ろ歩きをしながら俺に言った。「シャツの御礼に、何か好きなものご馳走するわよ」

「じゃ寿司」

「うっわ、ヤなガキ」

「回ってないやつ」

「……ちなみにこのシャツ、いくらで買ったのよ」

「三万円」

「うそばっかり。ほんとは？」

「三九〇〇円」

「エビで鯛《たい》ってこのことね」

口では憎たらしそうに言いながらも、彼女はどことなくいそいそとした様子でバッグから手帳を取りだし、店に電話をしてカウンター席を二つ予約してから、俺をタクシーに乗せて池袋の西口にある老舗《しにせ》の寿司屋へ連れていってくれた。

とりあえずビールで乾杯した後は、当たり障りのないことを話した。

頼むから人前であのあだ名を呼ばないでくれと俺が言うと、それなら先生と呼ぶのもやめてほしいと彼女は言った。呼び名も、〈斎藤さん〉などではなくて〈夏姫さん〉がいいと言いだしたのも彼女のほうだ。

内心、昔の担任を下の名前で呼ぶなんてと戸惑ったけれど、しつこくうながされ、思いきって口に出してみると、あまりの違和感のなさにかえってびっくりした。ほかのどんな呼び名もあてはまらないと思うくらい、その名前は彼女を呼ぶのにこそふさわしい気がして、そう呼べる関係がもしかするとこれからも続いていきそうな予感に、俺はかなり舞いあがっていたと思う。

「大学は何学部なの？」

「社会学部です」と俺は言った。「推薦枠がたまたまそこだけ空いてて、べつに他にしたいことがあるわけじゃなかったんで何となく進んだだけなんですけどね。社会学なんてあんまりつぶしがきかなそうだから、けっこう迷ったんスけど」

するとと彼女はおかしそうに笑った。「入りもしないうちからどうして先につぶすことなんか考えるのよ」

言われてみれば、それはまあその通りだった。

先生こそ、じゃなくて夏姫さんこそ、今は何をしているのかと訊いてみると、信販会社に勤めているのだと彼女は言った。仕事の話はそれくらいしかしてくれなかった。寿司屋の主人とは顔なじみらしく、俺の知らない人たちの近況でいろいろ盛りあがったりもしていたし、何より次々に出てくるネタを食うのに忙しくて、込みいった話なんかしている暇もなかった。実際それは、俺がこれまで食った中で一番うまい寿司だった。

壁にかかった品書きを右から左へ総なめにし、最後に彼女にならってもう一度コハダで締めて、そのあとは俺のおごりで飲むことになり、サンシャインの方角へゆっくり歩いた。こうして並んで歩いてみると、彼女は俺の記憶にあるよりもずいぶん小柄だった。

「単にあなたの背が伸びただけよ」

と夏姫さんは微笑んだ。笑わない彼女もよかったけれど、笑った彼女はその数倍もよかった。

「それにしても、男の子ってこうまで変わるものなのねえ。ほんとに、すっかり立派になっちゃって、おかげで何度もあのお店で会ってたのに全然わからなかった。昔はあんなにチビだったのに……。ね、フルチン」

「だから、やめて下さいってばそれ」

彼女が声をたてて笑うと、冷えこむ夜の街がふっと温かくなった気がした。

雑居ビルの地下にあるパブに入った。俺が知っている中でいちばん静かな店、と思い定めて案内した甲斐《かい》あって、客の入りはこの日もまばらで、ちょうどあいたばかりの奥のボックス席に落ち着くことができた。明るすぎず暗すぎず、誰もがあたりを気づかうように低く話していて、黒ずんだ梁《はり》に固定されたＢＯＳＥのスピーカーからは、スティングが溜め息みたいな声で小さく歌いかけていた。

「けど、あなたってけっこう変わってるわ」コートを脱ぎ、テーブルの端に立てられていたメニューを取ってひろげながら夏姫さんは言った。

「え、そうかな」

「だって、普通だったら最初に訊くはずのことをいつまでたっても訊かないんだもの」

「……何だろ」

「たぶんほとんどの人はね、一緒にお寿司屋さんのカウンターに座ったとたんに、ううん、行きのタクシーの後ろに並んで座った時点で、いちばんに訊くはずよ。いったいあの男と何があったのか、って」

オーダーを取りに来た店員に、俺はジントニックを頼み、彼女はソルティドッグを頼んだ。

「それは――なんか、訊いちゃいけないような気がして」と、俺は言った。「っていうかまあ、だいたいは想像つくし」

夏姫さんはくすりと笑った。「それもそっか。あれだけ大声でいろいろ言われたんじゃね」

「同じ会社の人ってわけじゃないスよね」

「ええ。たまたまあっちの会社とうちとで合コンした時に知りあったの。合コンなんてめったに出ないんだけど、たまたま誘われて出てみたらやっぱり若い子のほうが多くて、向こうも私もなんか浮いてて、それで何となくしゃべってるうちに……ね」

わかるでしょ、というように、彼女は肩をすくめた。

「つき合ってどれくらいなんスか？」

「んー、三ヶ月ちょっとかな」

「あ、まだそんなもんだったんだ？」いくらかほっとしながら俺は言った。「じゃあ、そんなにはショックでもなかったとか」

「ショックにきまってるじゃない」と、夏姫さんは口をとがらせた。「あのカシミアのセーター、すっごく高かったんだから」

思わず吹きだしてしまった。「セーターね」

「でも――」彼女はテーブルに目を落とした。「こういう言い方は彼には悪いけど、もっと早くこうするべきだったのかもしれない」

「どうして？」

「いい人だったのよ？　いささかヤキモチ焼きで無神経なところはあったにせよ、ふだんはすごく優しくていい人だった。でも、三ヶ月つき合ってもまだ、この人が好きで好きでたまらないって思えるようにはならなかったから」

「そのわりにはマメにデートしてたじゃないスか。待つのはいっつも夏姫さんのほうだったし」

「それは単に、私の癖よ。人を待たせるのが嫌いなだけ。それに、男の人とつき合うとどうしてもこう、何ていうの？　つい、尽くしちゃうっていうの？　それこそ、待つ女を演じちゃうところがあって……」苦笑を浮かべ、両手でほっぺたをおさえるようにしながら、夏姫さんは溜め息をついた。「やあね。どうしてあなたにこんなこと話してるんだろ」

「それで？」と俺は言った。「なんだって、二股を疑われたりしたんスか？」

「……訊いちゃいけない気がするとか言ってたわりに、ずいぶんズバズバ訊いてくれるじゃない？」

「いや、もしかして、ちょっとくらいは訊いて欲しいのかなって気もしてきて」

夏姫さんは、ぷっと笑った。「かなわないわね、まったく」

飲み物が運ばれてきた。鼻ピアスをした店員が、彼女の前にソルティドッグのグラスを置き、俺の前にジントニックを置き、真ん中にサービスのナッツの皿を置く。彼が行ってしまうまで待ってから、

「要するにね」と、夏姫さんは言った。「私が友だちと――まあ一応男の人なんだけど、そのひとと、二人きりで会ってるのを彼が見ちゃったの。外で会ってただけならまだよかったんでしょうけど、私がそのひとの車に乗りこむところまで見ちゃったものだから、それで、いろいろとね」

「でも、ほんとはそうじゃなかったんでしょ？」

「ん？」

「二股なんかじゃないって、さんざん言おうとしてたじゃないスか。あいつがただ信じようとしなかっただけなんでしょ？」

夏姫さんは、黙って目もとだけで微笑していた。

「もしかして――疑われたのって、あのひととのことじゃないんスか。前にワゴン車で来て、絵かなんか渡してた……」

夏姫さんが驚いて顔をあげた。「やだ、そんなとこまで見てたの？」

「あ、いや、なんかたまたま……。ほら、あの時オーダー取りに行ったの俺だったし。でもすいません、そういうのって気分悪いっスよね、覗き見されてたみたいで」

「べつに気分は悪くないけどね、不思議なことに」と夏姫さんは言った。「ただちょっと、びっくりしただけ」

「すみません」

「いいのよ」

それから俺らは、あらためて乾杯をした。五年ぶりの再会に、と彼女はすまして言い、俺は黙って笑いながらグラスを合わせた。

「ねえ、訊いていい？」と夏姫さんは言った。「私だってこと、いつからわかってたの？」

「いちばん最初の日からです」

「見て、すぐわかった？」

俺は首をふってみせた。「見る前から」

「え？」

「見る前からです。声聞いただけで、一発でわかりましたよ。オーダーしてる声が聞こえて、絶対そうじゃないかってふり返ったらやっぱりそうだった」

彼女は眉を寄せた。「そんなに私の声って変わってる？」

「変わってるっていうんじゃないけど、ちょっと他に無いっスよね。あ、いい意味でですよ、もちろん。聞いててすごい気持ちいいっていうか……ただし、人のあだ名呼ぶ時までやたらとよく通るのが困りもんですけど」

彼女は口を曲げた。「次から気をつけるわ」

「いや、だからもう呼ばないで下さいって」

「ね、もう一つ訊いていい？」

「……何スか」

「最初から私だってことはわかってたのに、どうしてすぐに声をかけなかったの？」

少し考えたものの、結局、正直に言った。「いやがるんじゃないかと思って」

「いやがる？」

俺は、平皿にぱらぱらと入ったナッツをつまんで口に運んだ。からりと乾いた、旨いナッツだった。

「それよか、俺も一つ訊いていいスか」

「なあに？」

「あの時、なんで先生辞めちゃったんスか」

夏姫さんは、うつむいてソルティドッグをひとくち飲んだ。言葉を探すようにしていたくせに、出てきた答えはシンプルだった。

「向いてなかったから」

「そうは思えないけどな。みんなに人気あったし、現国の授業だって面白かったし」

「そう？　ありがと。でも、ほんとに向いてなかったのよ。何せほら、辞めちゃったくらいだもの」

「……何だかな。そういう、ヘリクツで相手を煙《けむ》に巻くみたいなのって何て言うんでしたっけ、難しい言葉で」

「詭弁《きべん》を弄《ろう》する？」

「それ」

　さすがもと国語教師、と言ってやると、彼女は吐息まじりの苦笑をもらした。

「まあ、いいじゃないのもう、そのことは」

「よくないっスよ。担任のくせに俺らに一言も言わないで辞めてっちゃって、みんな裏切られたみたいな気分だったんスからね。あれがきっかけで人間不信になったやつだっているかも」

「ごめん」と、夏姫さんは目を伏せた。「あなたたちには悪かったと思ってるし、こんなこと今さら言ってもしょうがないけど、ずっと気にかかってもいたのよ。でも……お願い。その話、今はやめよう？」

そう言われてしまうと、後が続かない。

俺は手をあげて、二人ぶんの飲み物のおかわりとナッツをもうひと皿、それにサラミとチーズの盛り合わせを頼んだ。うっかりグラスや皿を空にしてしまったら、そのとたんに、じゃあそろそろ、とか言って彼女が席を立ってしまいそうな気がした。

「それはそうと、信販会社でしたっけ。またずいぶんガラリと感じの違うところに勤めたんですね」

夏姫さんは、くしゅっと鼻にしわを寄せた。「まあね。恥ずかしながら親のコネよ。なんとか中途採用枠に押しこんでもらったの」

「もしかして、ひとりっ子？」

「……どうして？」

「いや、そうじゃないかなあと思って。なんかこう、親からすごく大事にされてる感じがするから」

「――そう？　確かに、そういうところはあるかもね」

「そのぶん、親の期待とかもすごくないスか」

「まあ、ね。ある意味しょうがないと思って、もうあきらめてるし」

「でも、いいですよ、期待とか心配とかしてくれる親がいるだけでも。俺んとこなんてほら、親いないスもん」

「え？　……あ、そっか、そういえばあなたのとこは、保護者がおじいさま夫婦だったっけ」

「今じゃもう、ばあちゃんだけになっちゃいましたけどね」

「いつ？」

「高二の時です。じいちゃんガンで」

「ご両親は、今は？」

「母親は……さあ、生きてんだか死んでんだか。親父のほうは、まだはっきり言われたわけじゃないけど、どうやらそろそろ再婚するつもりらしいっスよ。でもまあ、どっちも俺にはもう関係ないし」

「そう」と、夏姫さんは言った。

それがあまりにもあっさりとした「そう」だったので、俺はちょっと気が抜けてしまった。たいていの女の子は、俺が両方の親から見捨てられて祖父母に育てられたとか、いまだに母親の行方はわからないといった話をして聞かせると、ものすごく同情してくれる。俺だってべつに本当に同情されたいわけじゃなく、ただそんなふうにインスタントに優しい気持ちになっている女の子と、安っぽいなりにそこそこせつない雰囲気の中で抱きあうのも悪くないというだけなのだけれど、今の夏姫さんみたいに、こんなにあっけらかんとした「そう」の一言で片づけられると、さすがにがっくりくるというか、正直ちょっと鼻白むものがあった。

「会社では、どんな仕事してるんですか？」どうにか気を取りなおして話題をふる。「だいたい俺なんて、カード持ったこともないからよくわかんないんスけど」

「んー……」彼女はナッツをつまんだ手の小指で眉の端をかいた。「私がいるところは、顧客管理課ってところでね。ぶっちゃけて言えば、要するに督促課ってこと。カードの利用金額が口座から引き落とせないことが続いた場合に、電話をかけて、不足額を振り込んでくれるように言うわけ。たまたま口座の残高が少なくなってるのに気づかなかったとか、入金しとくのを忘れてた人なんかはいいのよ、謝って、すぐ振り込んでくれるから。でも、中には確信犯みたいのもけっこういるの。何べん電話かけてものらりくらり言い訳したり、居留守つかったり、ひどいのになるとめちゃくちゃな悪態ついて電話切っちゃったりね。若いのだけじゃなくて、いい大人でもそう。話してるといいかげん頭に血が上って、怒鳴り返したくなることもしょっちゅうよ。『こっちは何も慈善事業であんたに金貸してるわけじゃないんだよ！』なんてね」

「…………」

「やらないわよ。やらないけど、いくら温厚な私だって頭にはくるのよ」

「温厚……」

「相手は一応お客様だからあんまりきつい言い方もできないし、だからって低姿勢でお願いするばっかりじゃナメられてさっぱり振り込んでもらえないし。まあ、一日じゅう座りっぱなしのわりには、けっこう消耗するわね」

そういう仕事のほうが教師より向いていると思うのか、と訊こうとしたが、やめた。

俺の頭の中には数時間前の、あの男の腕を振りはらった時の夏姫さんの横顔がこびりついていた。今だって、その気になれば彼女はいつでも席を立って帰ってしまうだろう。皿の中身がたくさん残っていようが、何のためらいもなく、たぶんその場を適当にとりつくろうこともせずに。

「じゃあ、休みの日なんかは何してるんですか？　男とデートする以外では、ってことですけど」

「ちょっと」あきれ返ったような顔で彼女は言った。「曲がりなりにも彼氏と別れたばっかりの傷心の女つかまえて、普通そういう訊き方する？」

「普通はどうだか知らないですけど、夏姫さんこそ普通じゃないっつうか、全然傷心って感じしないじゃないスか。別れたって言うより、こっちから切って捨てたって感じだったし」

しょうがなさそうに、彼女は苦笑した。「――休みの日、ねえ。べつに、ごく普通よ。洗濯機まわして、その間に掃除して、お天気がよければ布団も干して、ベランダの植木に水やって。あとは本読んだり、借りてきた映画観たり」

「スポーツなんかは興味ないんですか？　サッカーとか野球とか」

「んー、あんまり観ないかな」

「趣味は？」

「んもう、これお見合い？」

「だって、どんなことでも知りたいんスもん」

　言ってからちょっと大胆だった気がして、柄にもなく赤くなってしまった俺を見て、夏姫さんはまた困ったように笑った。眉を段違いにゆがめた、なんだか子どもみたいな顔だった。


　明るすぎる池袋の街ではわからなかったけれど、電車に乗って石神井公園まで帰ってきてみると、今夜はほとんど満月だった。

　夏姫さんがいまだに西武線の沿線から離れずにいたばかりか、ふたを開けてみたらこんなにも近くに住んでいたことが嬉しくて、俺はいつもの駅のひとつ手前で一緒に降り、歩いて十分くらいだというマンションまで彼女を送った。もう遅いのに悪いからと彼女は遠慮したが、

「あの彼氏が部屋の真ん前で待ってたらどうするんですか」

と俺が言うと、案外素直に受けいれてくれた。

もちろん、送っていくからといって、そんな時間に上がりこむつもりなんかなかった。ほんとうに、期待のかけらすらなかった。むしろ、彼女はそんなに軽い人じゃないという確信があったからこそ、俺のほうも平気で送っていくと口に出せたのかもしれない。

すっかりシャッターの閉まった駅前商店街を左へ折れ、公園に続く坂道を下っていく。俺が車道側を歩くようにはしていたが、車はあまり通らなかった。

「ねえ、あそこのお蕎麦《そば》屋さん、来たことある？」と、夏姫さんが庄屋屋敷みたいな建物を指さす。

「ああ、中学の時かな、じいちゃんたちに連れられて来たことありますよ。うちのじいちゃん、蕎麦には目がなかったから。けっこう旨いっスよね」

「そうそう。蕎麦焼酎《じようちゆう》もなかなかよね」

「いや、だから中坊だったんですってば俺」

「あそっか。じゃあ今度行こ？」

思わず脚がもつれてしまった。

「どうしたの？」と、夏姫さんがふり返る。

「いえ」

それってつまり、またこうして二人で会ってもらえるってことなのかなと思ったが、そこまで確認する勇気はなかった。他の女の子にならもっと強気で出ることだってできるのに、夏姫さんに対してはどうしても気後れしてしまう。もと教師と生徒だったなんてこと自体は気にならなくても、最初の上下関係だけはばっちり刷り込まれてしまっているのかもしれない。

俺が子どものころ何度かじいちゃんに連れてきてもらったボート乗り場は、今もほとんど変わらない姿でそこにあった。桟橋につながれたボートがさざ波に揺られて、がつっ……ごつっ……とぶつかる音がしていた。虫の声はもうすっかりか細くて、池の上を渡ってくる風がまるで水そのもののように冷たかった。冬もすぐそこなんだな、と思いながら俺は、池のほとりの道を、一歩ごとに彼女との時間を刻んでいくような気持ちで歩いた。

夏姫さんの住むマンションは、その道からほんの少し入った坂の途中にあった。白っぽいタイル張りの四階建てで、彼女の部屋は最上階だった。

「一応、ドアの前まで行きましょうか」

エレベーターの下で俺が言うと、彼女は一瞬迷ったように見えたが、結局すまなそうにうなずいた。

「まさかあいつに合い鍵なんて渡してないっスよね」

「ん、それは大丈夫」

四階の廊下には、細い金色の枠でふちどられた黒っぽいドアが並んでいた。真ん前に子ども用の自転車が置いてある家もあれば、鉢植えやプランターが廊下まではみ出しているところもあった。

一番奥の、405と番号のついたドアの前で、夏姫さんは俺に向き直った。彼女が何か言うより先に、

「じゃあ、今日はどうもご馳走さまでした」と俺は言った。ちゃんとここで帰るという意思を見せたつもりだった。

「私こそ、どうもありがとうね。シャツは洗濯して返すから、もうちょっと待ってて」

「そんなの、いつでもいいですって。あ、よかったら記念にあげますよ、それ」

「うそ。いいわよそんな」

「いや、俺よか似合ってるくらいだし。ほんというとそれ、俺にはちょっと小さいんです。どうせ安物なんで、何ならパジャマにでもして下さい」

すると、夏姫さんはなぜか疑わしそうな上目づかいになって言った。「……キミ今、何かエッチな想像してない？」

「えええ？　してないっスよ！」

あはは、ごめんごめん、と夏姫さんは笑った。

「ひっでえなあ、もう」

「ごめんってば。冗談よ」

そう言ったものの、彼女はふっと笑いをおさめ、みるみるうちに何とも微妙な顔つきになり、俺から目をそらしてうつむいた。はらりと落ちかかる髪を、ゆっくり耳にかける。

沈黙がおりてきた。互いの息づかいが聞こえるような沈黙だった。

自分の喉がごくりと鳴る音を、俺は自分の耳で聞き、彼女にそれが聞こえなかったことを祈った。

「――よかったら、寄っていく?」と、とうとう夏姫さんは言った。そして、なぜか急いで付け加えた。「もちろん、年上は守備範囲外だっていうなら無理には誘わないけど」

俺は、黙っていた。

胸の内では、猛烈に後悔していた。

もっとさっさと帰るべきだったのだ。この人がこんなことを言うのを聞く前に、ドアの前でおやすみだけ言ったらそのまま引き返せばよかった。

あれだけ憧れていた人から誘われたというのに、いや、憧れた人だからこそ、いま俺が感じている落胆は、いつもの比ではなかった。どんなに打ち消そうとしても、

(何だよ、あんたもかよ)

と思わずにはいられなかった。彼女とそうなることを想像して男としての体が自動的

に興奮を覚えてしまうのとは裏腹に、胸の底に何かこう、黒くてどろりと重たい塊が沈んでいく気がした。今夜ああして一緒に食事していた時も、飲んでいた時も、互いの間に確かに何かが行き交うのを感じ、それがほんとうに心地よくて、じれったくも甘酸っぱいそんな距離からゆっくりと始まっていく関係に勝手に酔っていただけに——反動でよけいに苛立《いらだ》たしかった。五年前に彼女が黙って学校を辞めていったあの時と同じく、またしても裏切られたみたいな気分だった。

「それって……俺だからってわけじゃ、ないんスよね」

「——え？」

「いつもそんなふうに、誰でも誘っちゃうんですか」

夏姫さんの目が、まっすぐに俺を見た。

もしかして今初めてほんとうに俺を見てくれたんじゃないかと思うくらい、きれいに澄んだ瞳だった。月の光のせいで、顔全体が蒼白《あおじろ》く透きとおって見える。

と、いきなり夏姫さんが、ふふっと笑った。

まさか笑われるとは思わなくて、意表をつかれた俺が何も言えずにいると、彼女はそっと手をのばして俺の手を取った。たった今あんなことを言ったくせに、性的なものの まったく感じられない、まるで幼稚園児が手をつなぐみたいな仕草だった。

「ごめんね」

「…………」

「今の、あなたのこと笑ったんじゃないの。ほんとのこと言うと私、初めて食事する男の人と、それも年下の男の人とこんなふうに楽しく過ごせたの初めてだったから——さっきまでふつうに話してた間はよかったんだけど、別れる時にどうふるまえばいいのかわからなくなっちゃって。何ていうか、意識しすぎちゃって。それで、ちょっと自分にあきれて笑っちゃっただけ。案外、人見知りするほうなのよ、私。わりとぶきっちょっていうか、融通きかない女なの」

俺は、やっぱり黙っていた。

「今だって、本当はただ、もう少しの間あなたにいてもらえたらいいのにって思っただけなんだけれど、こういう場合いわゆる〈年上の女〉としては何て言って部屋に誘うのが一般的なのかよく知らないし」

「一般的?」と、思わず訊き返してしまった。

「……ヘンよね。自分でもそう思うわ」

つないだ時と同じようにそっと俺の手をはなしたかと思うと、夏姫さんは、ぺこんとうなずくみたいに頭をさげて、ごめん、と言い、また髪を耳にかけた。

黒っぽいドアの前でうつむく彼女の横顔を、俺は見つめた。

さっきより少し、気持ちが落ち着いてきた。

「こんなこと、今さら遅いかもしれないけど」と、夏姫さんはつぶやいた。「そりゃ私だって、その時つき合ってる彼氏を昼間よぶことくらいはあったけど、その日たまたま食事したばっかりの相手を、こんな遅くに部屋に誘うなんて初めてなのよ」

「ほんとに？」

「べつに、信じてもらえなくても仕方ないけど」

「でも、それならなんでわざわざ俺なんか……」

　すると夏姫さんは、きゅっと唇を結び、かすかに首をかしげた。「なんでかしらね。でも、たぶん——たぶんね。あなただったら、私のいやがることはしないでくれるって、そう信じられるからかもしれない」

　いやがることって？　と訊こうとした時だった。

　坂の上のほうから、びゅうっと風が吹きつけてきた。刃物で斬りつけるみたいな乾いた風で、俺も彼女も首をすくめてそれが過ぎていくのを待つしかなかった。

　やがてようやくそれがおさまった時、コートの襟元《えりもと》をかき合わせていた夏姫さんが、あらためて俺を見あげて何か言おうとした。

　でも、次の瞬間、俺らは二人同時にふっと苦笑してしまっていた。いったい何をわざわざこんな寒いところで深刻ぶって立ち話をしてるんだろうと思ったら、なんだか急にばかばかしくなってしまったのだ。

「もう一回、さっきのところからやり直しね」と、目元にしわを寄せて夏姫さんが言った。「よかったらちょっと寄って、あったかいコーヒーでも飲んでいかない？」

「――そういうことなら、喜んで」

と俺は言った。

4

三杯目のコーヒーは、俺がかわりに淹《い》れた。豆はもう挽《ひ》いてあるやつがあったから、やかんを火にかけるだけでよかった。

寝室のドアを開け放してきたせいで、ここからはスタンドに照らされた彼女の姿がよく見える。横たわった体の線がキャメルの薄い毛布を押しあげて、なだらかな山脈を形づくっている。とがった肩先と、むきだしの細い腕、それと上になっている耳の周辺だけが柔らかな卵色に光っていた。そばに近寄って目をこらせば、うぶ毛の一本ずつが逆光に透けているのがわかるんだろう。

寝室のインテリアがすべてアイボリーからブラウンまでのグラデーションで調《ととの》えられているために、ドアの枠でトリミングされた夏姫さんの寝姿は、まるでセピア色の写真みたいに見える。シーツに寄ったしわの陰影。ずり落ちかかったベッドカバーが床にたまっている感じ。その床の上に無造作に積まれた何冊かの本と、脱ぎ捨てられたモロッコ風の小さな部屋履き。——そんなものまでがいちいち、ばかみたいに胸にしみてくる。

マグカップを二つ運んでいき、体を起こした彼女に片方を渡すと、彼女は目を細めて受け取り、熱そうにそれをすすった。

俺は自分のぶんをサイドテーブルに置き、腰に巻いていたシーツをそのへんに落として彼女のかたわらにもぐりこんだ。

しっとりとまとわりつく上質な毛布が素肌にやさしい。鼻の先までその毛布に埋めながら、

「あいつのぶっかけたコーヒーが冷めててよかった」

とつぶやくと、夏姫さんは腹這《はらば》いになり、間近から俺の目を覗きこんだ。

「どうして急に？」

「だって、もしヤケドしてたら、今ごろこんなことできなかったし」

「あら。ヤケドを心配してくれたわけじゃないの？　できなかったことが心配なの？」

「んー……両方？」

脇腹をこづかれて俺が身をよじると、夏姫さんはくすくす笑った。

恋人と別れたその日に別の男と寝るような女なんて、これまでだったら絶対お断りだ

ったはずなのに——現にドアの前で彼女が口にした言葉にはあれほど幻滅を覚えたのに——たった今こうしてそばに横たわる夏姫さんに対しては、ただ痛いほどの愛しさしか感じなかった。それはちょうど、見つめることしかできなかったこの数ヶ月の間に彼女に対して抱いていた、無防備な、というよりいっそ無謀なほどの信頼とほとんど同種のものだった。また裏切られるんじゃないかとか、捨てられるんじゃないかとか、そんなことは考える気もしなかった。ありえないというのじゃない。今は考える必要がなかったのだ。これから先の夏姫さんのすべてを欲しいと願う一方で、今という時は、今この瞬間で完結していた。彼女とたった今こうしていられるだけで満足だった。

いったいいつのまに、こんなにも彼女を求める気持ちが強くなっていたんだろう。いやそれより、どうして五年もたった今になって、再び彼女と出会うなんて奇跡を手にすることができたんだろう。

そう思うと俺はなんだか泣きたいような思いに駆られ、そしてうろたえた。心臓の裏側のあたりが、すりむき傷みたいにひりひりとむず痒《がゆ》かった。こんな自分に馴れていないせいで、うまく感情のコントロールがきかなかった。

最初に部屋に通されたあと、リビングのソファで一杯目のコーヒーを飲みながら、俺らはまたいろんな話をして、笑いあったり、時折しんみりしたりした。天井まである大きな窓からは、月の光にしらじらと照らされた森や池が丸ごと眺められた。

リビングの向こうにはダイニングキッチン、さらに八畳の和室と、二部屋の洋室からなる3ＬＤＫ。女性が一人で住むにはあまりに広すぎると思ったら、ここは親の持ち物なのだと彼女は言った。

〈ふうん、夏姫さんてお金持ちのお嬢様だったんだ〉

〈まさか〉と、彼女は首をふった。〈父はごく普通のサラリーマンよ。貧乏ってわけじゃないけど、お金持ちだなんてとても言えない、ほんとに普通の家。ただ、もうだいぶ前になるけど、かなりまとまった額のお金が入ってきたことがあっただけ〉

〈へえ、ラッキーじゃないスか。なんでまた?〉

夏姫さんが答えるまでに、おかしな間があいた。

〈……ちょっと、事情があって〉

〈事情?〉

〈何ていうか——ほんとはもらいたくもないけど、受け取らないわけにはいかないっていう種類のお金でね。うちの両親としては、とにかく早くそれをつかっちゃいたかったみたいで〉

そう言われても俺にはよくわからなかったが、彼女はそれについてはこれ以上くわしく説明したくないようだった。

〈まあ、親の気持ちもわからないじゃないし。私はただ、それで彼らの気が済むんならと思ってここに住んでるだけよ。それが、私が一人暮らしをする条件だったから。贅沢な言いぐさに聞こえるだろうけど、ほんとはちょっとありがた迷惑なの。一人には広すぎて落ち着かないし、掃除は大変だし〉

並んで座った白い革張りのソファの正面には、二枚の絵がかかっていた。茎の長い花の間を二匹の魚が泳いでいる不思議な絵と、もう一枚は、どこか異国情緒の漂うだだっぴろい草原に光の束が射している絵だった。

ソファの前にガラステーブルがあり、その下にキリムが敷かれて、壁際に寄せたシンプルなサイドボードの上には何冊もの洋書と、海みたいな色合いの丸っこいガラスの花瓶が飾られていた。そのほかに彼女の部屋を飾っているものといえばせいぜい、大きな鉢に植えこまれた観葉植物くらいしかなかった。夏姫さん自身と同じように、さっぱりとしていながら印象的な部屋だった。

俺は彼女のインテリアの趣味をほめ、彼女は俺の服の趣味をほめてくれた。そして、あの彼氏の前につき合った、デザイナーズブランドの店に勤めている男とも、やっぱり半年足らずで別れてしまったのだと話した。

〈そいつのことも、あんまり好きになれなかったの？〉

と俺が訊くと、彼女は微笑んで言った。

〈いい人だったわよ〉

夏姫さんが突然無口になってしまったのは、二杯目のコーヒーを半分くらい飲んだあたりだったと思う。どうしたの、と俺が訊くと、彼女は少しだけ微笑んで首を振り、なぜだか哀しそうな目をして俺を見た。

〈ねえ、そういえば私たち、今いくつ違うんだっけ〉

〈たぶん、今も昔も八つだと思いますけど〉と、俺はわざと茶化して言った。〈それがどうかしたんスか〉

〈ううん、どうもしないけど。……そっか〉ふいにうつむいて、夏姫さんは額に手をあてた。〈こういう感じだったんだ〉

髪をかきあげるようにしながら、ふう、と深い溜め息をもらす。何かつぶやいたように聞こえて、え？　と訊き返したのだが、彼女はまた首を振っただけだった。

〈どうしたんスか、急に〉と、俺はもう一度訊いてみた。〈なんでいきなり、年のことなんて〉

〈ううん、ほんとに何でもないの。ただ、ちょっとね――なくしちゃったもののことを思っただけ〉

どういう意味かと訊こうとして覗きこんだ俺の目と、ちょうど顔をあげようとしていた夏姫さんの目が合った。

彼女の瞳が、俺を見つめる。唇の端に、髪のひとすじがひっかかっている。それを取ってやろうとして俺が手をのばすと、夏姫さんはぴくりと肩をふるわせた。

どちらからともなく俺らがかわした最初のキスは、まるで、中学生が放課後にかわすそれのようにぎこちなかった。でも、だんだんとそれは大人同士のキスへと変わっていき、あとはもう、どうにも止めようがなかった。

部屋の外で〈年上の女としては〉なんて強がっていたわりに、いざとなると夏姫さんはずいぶん消極的で、けれどおそろしく敏感で、くり返し寄せてくる波に呑《の》みこまれないようにじっと耐えているみたいだった。眉根を寄せた少し苦しげな表情を見ているだけで、俺はまるで初めての時みたいにすぐに達してしまいそうになるのを必死にこらえなくてはならなかった。彼女の髪の匂い、彼女の吐息、頬や背中の熱さとは対照的な二の腕の冷たさ、ぴくりと体を震わせるたびに俺に伝わってくる小さな震動——それらをひとつひとつ味わっているうちに、夏姫さんのかたちをした白い繭《まゆ》の中に頭からすっぽり呑みこまれていくようで、それは息苦しい反面、そのまま呼吸が止まってしまってもかまわないと思うほど心地よかった。終わった後、俺の腕枕に頭をのせて、まるで日向で横たわる猫のように柔らかくリラックスしている夏姫さんを見つめていた時、体の奥の奥、自分でも手が届かないくらい底のほうから、荒々しいほどの愛しさのかたまりが一気にこみあげてきて、まだどこかひと隅にくすぶっていたネガティヴな感情の切れ端を今度こそ洗いざらい押し流していった。

こんな形で体を重ねたからといって、懸念していたような気まずさはまったくなかった。並んで寿司を食っていたのがほんの六時間ばかり前のことだなんて思えないくらい、今夜二人で一緒に過ごした時間はあまりにも濃密だったのだ。

こうなったことが不思議なんじゃなく、今までこうならなかったことのほうが不思議なくらいだった。


「ねえ、フルチン」

腹這いのままの夏姫さんがつぶやく。

俺は、溜め息をついて言った。「それ、せめて裸の時はカンベン」

「………」

「何？」

「どうしてなのかしらね」と、夏姫さんは言った。「もと教え子だとか何だとか、普通ならもう少しくらいは立場を気にするのがほんとじゃないかと思うんだけど、ほとんどそんなこと考える間もなくこんなことになっちゃって」

「それ……後悔してる、ってこと？」

夏姫さんはかぶりを振った。「それが、してないの。自分でも不思議なくらい」

突きあげてくる想いをこらえて彼女を見つめると、彼女のほうもじっと俺を見つめ返してきた。

「どうしてあなたって、こんなにするする私の中に入ってきちゃうんだろう。まあ、考えてみたら昔からそういうところのある子だったけど」

「昔から？」

「そうよ。授業中でも、とくに人間観察っていうか、ほら、登場人物の心情を読みとるみたいな部分で意見を言わせると、思わずドキッとするような鋭いこと言ったりしてたでしょう？　高校一年生なんてまだ子どものままでいていいのに、今からここまでわかっちゃっててていいのかしら、みたいな」

「覚えてないよ、そんなの」

「そう？　じゃあ、よく私のことをじーっと見てたことも覚えてないの？」

「え、うそ！　気がついてたの？」俺は慌てて言った。「隠してたつもりだったんだけどな」

「そうは思えなかったわよ。だって、ほかの子はほら、指《さ》されるのが嫌っていうのもあるんだろうけど、教師と目が合うとぱっとそらしたりするのが普通なのに、あなたは絶対そらさないんだもの。なんだかこっちの心の中まで見透かされそうで、私のほうが先に目をそらしちゃったことだって何度もあったくらい」

「けど、気がついてたならさ」と俺は言った。「男子生徒からそういう目で見られてるのって、いやじゃなかった？」

夏姫さんは首をかしげた。「相手によるわね、それは。だいたい、いやな相手だったら今日だって、食事だけおごってさっさと帰ってきたわよ」

「じゃあ、さ。学校辞めてからも、ちょっとは俺のこと思いだしたりした？」

夏姫さんがいたずらっぽい目になって俺を見つめる。「それは内緒」

俺が顔を近づけてキスをすると、夏姫さんは目を閉じて、控えめに応えてくれた。深いキスまでしなくても、そうして唇を重ねているだけで背骨がとろけそうだった。

サイドテーブルに置いたマグカップを少しずらし、俺はその向こう側にあった自分の腕時計を覗いた。一時を少しまわったところだった。

「もう少しだけ、いてもいい？」

夏姫さんは微笑んでうなずいた。「もう少しだけね」

それは、さっき俺らがこうなる直前に、彼女との間でかわした約束だった。一緒にベッドに入ったとき、彼女は目を伏せ、小さな声で言ったのだ。

〈あなたと一緒にいるのは好きだけど、ひとつだけ約束して。――泊まっていくのは、無しにしてね。お願いだから、夜のうちに帰ってね〉

「ねえ、夏姫さん」思いきって訊いてみた。「さっきのあれって、夏姫さんなりの基準なのかな」

「基準？　何のこと？」

「つまり、部屋に泊めるか泊めないかで、恋人とそうじゃない男とを分けてるとかさ」

「まさか」彼女はあっさり首を振った。「たとえば今日のあの人なんて、ここの下まで送ってもらった時でも、部屋に上げたことはないわよ」

「マジで？」びっくりして俺は言った。「なんで？」

「だって、ああいうタイプの人に『泊まらないで帰って』なんて言ったところで、おとなしく帰ってくれるとは思えないもの。だから最初から上がってもらわなかったの。あの人に限らず、この部屋に男の人を泊めたことは一度もないわ」

「だから、なんで？」

するとと、夏姫さんは目をそらして言った。「――隣に誰かがいると、眠れないたちなのよ」

すうっと背中から落ちるように寝入ってしまい、一時間ほどして目覚めた時には、隣に夏姫さんの姿はなかった。もしかすると彼女のほうは全然眠らなかったのかもしれない。

起きあがって探しにいくと、夏姫さんはだだっぴろいリビングのソファにぽつんと座り、膝《ひざ》をかかえてぼんやりしていた。

柔らかそうなベージュのガウンをはおった彼女のまわりだけが、スタンドの灯りに丸く照らされていて、その横顔はいつかカフェで見せたことのある、あの愛しいような、哀しいような、何とも言えない顔で——その視線の先をたどっていくと、壁の絵に行きあたった。二枚のうち、どちらを見つめているのかはわからなかった。

俺が入っていくと、彼女はふり向いて微笑んだ。

「少しは眠れた？」

ガウンの下に、彼女はほんとうに俺の白いシャツを着てくれていた。

「ごめん。爆睡しちゃって」

「いいけど、のど渇いたでしょ。冷蔵庫のもの、何でも飲んでいいわよ」

「水もある？」

「ええ」

「じゃあ、それだけもらったら、帰るよ」

彼女は、また眉を段違いにゆがめて微笑んだ。「ほんとに大人になっちゃって」

ミネラルウォーターのボトルを一気飲みし、ゆっくり着替え終わってから、じゃおやすみ、と声をかけると、夏姫さんは玄関まで見送りに出てきてくれた。

さすがに少し眠そうな顔で壁によりかかっている彼女に向かって、

「もしかして、もう来ちゃいけないのかな」

かなりの覚悟で訊いたのだったが、彼女は長い髪を揺らし、なんだかおかしそうに笑った。何の邪気もない笑顔だった。

「いけなくはないけど」

「……けど？」

「まずは、また一緒に、何かおいしいもの食べに行こ？」


電車もバスも動いていなかったが、歩いたところでたいした距離ではなかった。森をまっすぐに突っ切っていけば、家まではたぶん三十分ほどだ。

こんな時間に戻ったことがわかれば、ばあちゃんにまた何か言われるだろうが、今日ばかりはうまくしらばっくれることができるかどうか自信がなかった。

何しろ、今夜起こったことをどうとらえていいのか、俺にもよくわかっていないのだ。せっかくあの夏姫さんとこういう関係になったというのに、手放しで喜んでいいのかどうかさえよくわからない。わからないままに、今はただ、胸が詰まるほど寂しくて、人恋しかった。焦がれるくらい寂しいのに、同時にそれは、しんと静かな感情だった。体の奥に澄みきった水の湧《わ》く泉が出現して、ひとつのさざ波もなく静まりかえっているような感じだった。

板やブロックが敷きつめられた細い遊歩道を、うつむいて歩いていく。吐く息が蒼白い。下の池のほうで、水鳥が二度鳴いて黙った。大木の梢《こずえ》がごうっと揺れ、あちこちで枝がぱしぱし鳴る音や、葉の落ちる音がした。俺の足音などかき消されるほどだった。

ようやく森を抜けたとたん、あまりの明るさにたじろいで、俺は思わず立ち止まった。見上げると、傾きかけた月がまるで巨大な蛍光灯のように世界を照らしていた。背後に控える森のざわめきと、行く手で寝静まる家々とにはさまれて、俺はしばらくの間、ぼんやりとそこに立ちつくしていた。

5

冬という季節は、恋人たちには優しい。誰かの歌にもあったとおり、寄り添って歩くのに何の遠慮もいらない。

それでも、以前の俺は女を連れてこんなに出歩いたりしなかった。たとえ冬であろうがいつであろうが、俺は女の子と並んで歩くことが苦手だった。照れるからとか、そういう微笑ましい理由でじゃない。女連れの男というのはたいてい間が抜けて見えるからだ。

自分がみっともなく見えることをするのが、俺は大嫌いだった。その次に嫌いなのは、自分のみっともなさに気づかない人間を見ることだった。

バイト先にこじゃれたカフェを選んだのも、はっきり意識はしていなかったがそれと無関係ではないんだろう。ああいう店は、少なくともファミレスとか居酒屋よりは、身なりにきちんと気を配った客が来る率が高いのだ。

そうして、そんな客の中でもいつもひときわ目立っていたのが夏姫さんだった。

誰かと連れだって街を歩くのを、これほど嬉しく、誇らしく思ったのは初めてだった。彼女がきれいな人だからという理由がまったく無いとは言わないけれど、決してそれだけではなかった。たとえば物ごころつく前の小さな子どもが、何が嬉しいわけでもないだろうに笑うことそのものが楽しくてころころと笑いころげていることがあるけれど、俺の夏姫さんへの想いはそれとよく似ていた。夏姫さんがこういう人だから愛しいというのではなくて、夏姫さんがそこにいてくれることそのものが愛しいのだった。彼女と一緒にいるだけで、とたんにまわりじゅうの何もかもがせつなく美しく思えてくる。今のこの気持ちをみんなに分けてやることができたなら、この世から争いという争いはすべて消え失せるだろうに、と俺は大真面目《おおまじめ》で思った。思いながら、もしかしてこれは恋愛ボケというやつか？　とチラリと考えもしたが、たとえそうだとしても、今となっては治癒など不可能だった。

大学やバイトの帰りに、会社がひけた夏姫さんと待ち合わせて食事することもあったけれど、部屋には泊まらないという例の約束がまだ生きている以上、それだけでは一緒に過ごせる時間が限られてしまう。だから俺は、夏姫さんの休日をひとりじめしようと躍起になった。会いたいと誘うのはたいてい俺からだったが、時々は彼女のほうが誘ってくれることもあって、そういう時は会っている時間がいつもの倍も楽しかった。マイナーだけれど質のいい映画とか、何の知識もなくても凄《すご》さが伝わってくる絵画展とか、そういうものを見つけてくるのが夏姫さんは上手だった。

とはいえ彼女は人混みがあまり好きではなかったし、俺のほうは一緒にいられさえすればどこだってよかったから、結果として、俺らはすぐ近くの石神井公園をゆっくり散歩しながら過ごすことがいちばん多かった。

公園全体はかなり広くて、井草《いぐさ》通りという狭い道路を隔てて二つに分かれている。夏姫さんのマンションのすぐ下に位置する石神井池は東西に細長く、まわりもひらけていて明るいのだが、通りを渡った西側にある三宝寺《さんぽうじ》池のほうは鬱蒼《うっそう》とした森に丸く囲まれていて、昼でもどこか神秘的な雰囲気が漂っていた。昔ここにあった石神井城が太田道灌《おおたどうかん》の軍勢に攻め落とされたとき、照《てる》姫という名の姫君が、この池で入水《じゅすい》した父親のあとを追って入水自殺を遂げたという伝説が残っている。そんな悲しい物語の舞台にふさわしい静けさだった。

池の上にせりだした厳島《いつくしま》神社や湧き水のあたりを歩きながら、小さい頃ここでよくザリガニ捕りをしたものだと言ってみると、夏姫さんは懐かしそうに、私もよ、と言った。驚いた俺に向かって、

「何よ、女の子がザリガニを捕っちゃいけない決まりでもあるの？」夏姫さんはつんとあごを上げて言った。「男もすなることを女もしてみむとて、ってね」

「へーえ。けっこうおてんばだったんだ」

「今の私からじゃ想像つかないでしょう」

「うーん……ノーコメント」

彼女は黙って俺の背中をこづいた。

真冬の公園は、休日でも人が少なかった。冬枯れの池を撮影に来たアマチュア・カメラマンとか、ジョギングをしている人、あるいはイーゼルを立てて油絵を描いている老人などはちらほらいたけれど、みんな自分の趣味に没頭していてお互いを意識することはほとんどなく、その無関心さがかえって不思議な居心地のよさをかもしだしていた。

「あ、ほら、あの木はミズキ。春先に枝を切ると水が噴きだすから、それでミズキっていうんですって。あそこの大きいのはメタセコイアといってね、化石が発見されてるく

らい古くからある木なの」

夏姫さんは植物の名前に詳しかった。葉の落ちた木なんて俺にはどれも同じにしか見えないのだが、枝ぶりや樹皮の風合いなどで区別できるのだと彼女は言った。

「こっちはトウカエデ。毎年、紅葉がものすごくきれいなのよ」

船のデッキみたいな板張りの遊歩道を歩きながら、彼女はいちいち指をさして教えてくれたが、俺は木なんかよりも彼女の横顔ばかり見ていたのでさっぱり頭に入らなかった。だいたい花の名前だって、チューリップとバラの区別がつけばいいほうなのだ。

覚えの悪い教え子にあきれた夏姫さんはとうとう、

「じゃあ、これ。この木ならわかる？」広場を囲むように立つ、何本もの大木を指してみせた。「これを知らなかったら日本人じゃないわよ」

黒っぽい樹皮はざらざらと粗《あら》く、太い幹は横に広がって地面に影を落としている。

「うん、さすがにこれはわかるよ」と俺は笑った。「毎年、ばあちゃんに無理やり付き合わされてるし」

「付き合わされてる？」

「二人ぶんの弁当持たされてさ。ここまで来て花見」

「あら、素敵じゃない」

「夏姫さんのとこなんて、もっと贅沢じゃん。部屋の窓から花見ができて」

「んー、でもやっぱり桜の下でお弁当ひろげるほうがずっといいわよ」

「なんなら、今度の春は一緒に来る？」

えっいいの？　と彼女は言い、俺はびっくりしながら、もちろん、と言った。まさか彼女が話に乗ってくれるとは思わなかったから、それだけに嬉しかった。

「でも、おばあちゃまはあなたと水入らずがいいんじゃ……」

「何でだよ。うちなんか毎日水入らずだぜ？」と俺は笑った。「夏姫さんが来てくれりゃ、ばあちゃんも絶対喜ぶって。何せイベントが大好きな人だからさ」

春になったらきっと誘うよ、と俺は言った。

花見の季節は俄然《がぜん》楽しみになったけれど、それはそれとして、彼女と眺める冬の木立は美しかった。熱心に教えてくれる夏姫さんには悪いけれど、それぞれの木の名前なんてわからなくても充分に美しかった。

俺らはゆっくりと歩きながら、野球場の金網の外から練習を眺めたり、日だまりのベンチで休んだり、時には池のほとりにある茶屋ふうの食事処で甘酒やラムネを飲んだりした。葦《あし》も睡蓮《すいれん》も立ち枯れた池には冬を越そうと飛んできた鳥たちがたくさんいて、常連のおばさんがパンの耳をちぎってまいてやると、その足もとはたちまちぎっしりとにぎやかになった。とくに晴れた日には揺れる水面がちかちか光り、それが鳥たちの羽根の輝きと混ざりあうと、まるで万華鏡を覗いているかのようにきらびやかだった。

ベンチに並んで座り、目を細めて鳥たちを眺めながら、夏姫さんは言った。「昔、このへんに釣り堀があったでしょ」

「いや、覚えてないなあ俺」

「そう？　まあ無理もないか、いつのまにかなくなっちゃってから、もうずいぶんになるものね。釣り竿《ざお》を貸してくれて、金魚とかニジマスなんかを釣ることができたの。懐かしいな。たいていは金魚を釣ったけど、時にはニジマスを持って帰って、晩のおかずにしたりね」

「うそっ。食えんの？」

「もちろんよ。釣った魚をおじさんに渡すと、ビニールに入れて、お塩ふって渡してくれるの。そういうのが楽しみでね、日曜日のたんびに父にねだって二人して連れてきてもらったっけ」

「二人って？」

「――え？」

「いま、二人して連れてきてもらったって」

「……あ、ごめんごめん。そうじゃなくて、父と二人して来た、って言おうとしたの。なんか混ざっちゃった」戸惑ったように微笑みながら、彼女は池を向こう側に渡る太鼓《たいこ》橋を指さした。「あそこの橋の上で、母が私の乳母車を押してる写真がうちにあるわ」

「その時代だと、白黒？」
「失礼ね、カラーに決まってるでしょ」
彼女のげんこつをかいくぐりながら、俺は言った。「俺んちにも、あのへんでおしゃぶりくわえて鳥か何か指さしてる写真があるよ。まだ親父たちが円満だった頃だからさ、たかがガキンチョの服にめっちゃリキ入ってて、けっこう笑える」

夏姫さんと、俺。

お互いが子ども時代を過ごした時期は八年もずれていても、この池と森はいつもそこにあって、俺らの思い出の背景となっていたわけだ。ささやかだけれど揺るぎのないその事実が、互いの間に横たわる時間の溝を埋めるのにずいぶん役だってくれていたような気がする。

毎週のように会っていたからといって、俺らは会うたびに体を合わせるわけじゃなかった。外で会った日はもちろんのこと、夏姫さんの部屋に上がった夜でさえ、ただしゃべったり一緒に映画を観たりするだけで帰ってくることだってあった。夏姫さんと話すのは楽しかったし、彼女のほうも俺と会っている時はよく笑ってくれた。前の彼氏とカフェで会っていた時よりもずっと楽しそうだ、と思うのは、たぶん、俺のうぬぼれではなかったはずだ。

そういえば、あの元彼からは何にも言ってこないのかと訊いてみたことがある。年の暮れも近い土曜日で、俺らは豊島園《としまえん》行きの西武線に揺られていた。

「あれから一度だけ、会社の近くで会ったわよ」と、夏姫さんはこともなげに言った。

「なんで」

「だって向こうから言ってきたんだもの。私に借りていた本を返すから、自分がプレゼントしたものも返してくれって」

「なんだそりゃ」

「まあ、彼にもらったのは香水とスカーフだけだったしね。どっちもブランド物で、一度も使わずに箱のまましまってあったから、たぶんどこかその手のお店へ持っていけば買い取ってもらえるんじゃないかしら」

　あっけにとられている俺を見て、夏姫さんは肩をすくめた。

「あのひと、私が香水とかそういうものをつけない女だってことさえわかってなかったのよ」

　別れて正解だったよ、と俺は言った。

『としまえん』に行きたいと彼女が言いだした時は絶叫マシンにでも乗りたいのかと思ったのだが、そうではなかった。夏姫さんがぜひとも見たがったのは古いメリーゴーラウンドだった。なんでも、ヨーロッパ各地を転々としたあと、最後はニューヨークからここに運ばれてきたという由緒あるものらしい。彼女は誰もが知っている大御所ミュージシャンの名前をあげ、彼らのファーストアルバムのジャケットに写っているのはこの木馬なのよ、と得意そうに教えてくれた。どんな知識であれ、人に教えるのが大好きなひとなのだった。

せっかく来たのだからと、彼女は何人かの子どもに混ざってメリーゴーラウンドに乗り、俺は柵《さく》の外に立ってそれを眺めるほうを選んだ。

ぎしぎしときしみながら回る木馬たちの横顔を、黄昏《たそがれ》どきの弱々しい光が山吹色に染めていた。独特の音楽が流れる中、古びた白馬の背に横座りになって髪をなびかせている夏姫さんは、まるで昔の映画に出てくる女優のように凛《りん》とした強さがあって、それでいながら脆《もろ》く儚《はかな》げにも見えた。バンドネオンの物悲しい音色のせいばかりではなかったと思う。木馬たちがたどってきた百年もの時間の中に、夏姫さんまでが溶けていってしまうかのように思え、俺はそのまま彼女を見失いそうな予感に怖くなって、もう一度乗りたいというのを理由も言わずに無理やり引きとめた。

「いいけど、へんな子ねえ」

いまだに時々俺を教え子扱いする、彼女の口調までがせつなかった。

十二月、そして一月と、俺らはそんなふうにして幾つもの週末を一緒に過ごした。

俺にとって残念だったのは、この季節の二大イベント、クリスマス・イヴと除夜の鐘を夏姫さんと分かち合えないことだったが（毎年実家で静かに過ごすことに決めているのだと彼女は言った）、それを除けば、俺の側に不満なんてほとんどなかった。一度も部屋に泊めてもらえないことでさえ、そんなには気にならなかった。何といってもあそこは夏姫さんの部屋なのだし、そうである以上ルールを決める権限は彼女にあるのだ。

俺らは、互いが最初に想像していた以上にうまくいっていたと思う。夏姫さんのほうは俺のことを、たぶんもっと聞き分けのないコドモだと思っていたに違いないし、俺は俺で夏姫さんのことを、たぶんもう少しくらいはいろんな意味でオトナなんだろうと思っていた。言い換えれば、世慣れてスレてしまっているのだろうと思っていた。

でも、彼女の中にはいまだに、まるで思春期の少女のような潔癖な正義感が息づいていた。彼女の持っているまっすぐさや、健やかさや、芯《しん》の強さを心から尊敬する一方で、俺は彼女が時おり見せる迷子の子どもみたいな心細そうな表情が愛しくてたまらなかった。でももちろん、そのことを口に出して言うつもりはなかった。言ってしまったが最後、彼女は二度と俺の前でそんな弱さを見せてくれなくなるだろうからだ。

弱さ――。そう、気になることがあるとすればそこだけだった。

夏姫さんと会っている間、俺の携帯は切ってあったが、夏姫さんのそれは切っていない時でさえもまず鳴ることはなくて、

〈友だち少ないのよ、私〉

冗談めかして笑う夏姫さんは実際、そのことについては少しも寂しそうじゃなかった。彼女が寂しそうに見えるのはむしろ、ほんのたまにメールが届くときだった。着信を知らせるシグナルがぴかぴかと点滅すると、彼女は俺といる時でも必ず、ちょっとごめんね、と言って急いで携帯を覗きこむのだった。

夏姫さんがどんな顔でそれを読むのを見ても、俺はやっぱり何も訊かなかった。彼女が携帯をぱたりと閉じるのを待ってから、まったく何事もなかったかのように、その直前にしていた話の続きをしゃべるようにした。誰からのメールだったのか、とか、何が書いてあったのか、とか、そういうことは決して訊くまいと決めていた。聞きたくなかったわけはない。聞きたい気持ちより、聞かされてしまう恐れのほうが勝っていたのだ。夏姫さんの弱さの源が、メールの向こうにいる誰かの存在であることは想像がついた。そうして、そんな夏姫さんを問いつめられないことこそが、俺の弱さだった。


年が明けた頃から、大学構内はやたらと混雑し始める。もちろん、一月半ばから始まる学年末試験のためだ。

ふだん大教室の授業でなんか見たことのない連中もさすがに出てきて、白い息を吐きながら掲示板を食い入るように見つめ、何とか本番までにノートのコピーを手に入れようと躍起になる。そうして怒濤《どとう》のように押し寄せる一般教養科目の試験をやり過ごし、続いて専門課程のほうも二月の初旬で終わってしまうと、キャンパスからは再び人の姿が少なくなっていき、やがては冬の公園以上に深閑と静まりかえるのだった。

俺にとって今年度最後の試験となったのは社会心理学だった。

二月の第二金曜日、とうとうその試験が終わり、これでまたゆっくり夏姫さんと会えるとほっとしながら立ちあがろうとした時、いきなり後ろから肩をつかまれた。

「古幡お前、今晩ひま?」

同じゼミの田中という男だった。

「なんで」

「合コンやんだけどさ」

「またかよ。いいよ俺は」

「まあそう言うなって。試験の打ち上げも兼ねてさ。メンツがあんまし気に入らないようなら、前ん時みたいに飲み会終わったとこで抜けてくれてもいいから。けど今回のはけっこう悪くなさそうだぜ、短大のサークルだから年増も混じってねえしよ」

せいぜい一つか二つ上の女のことを〈年増〉と言われて、内心むっとなる。でも、ついこの間までは俺だって平気で同じことを口にしていたのだ。

と、そのとき、ちょうど教室の前のほうから来た二人連れの女の子の片方が、俺に気づいてぎくりと立ち止まった。みるみる険《けわ》しい顔になり、目を伏せて足早に出ていく。その後ろ姿を見送った田中が、俺に目を戻してニヤリとした。「お前、また何か悪さしたんか」

「べつに」と俺は言った。

去年の夏頃、別のやつから誘われたコンパの帰りに、なんとなく成りゆきで一回だけ寝た相手だった。正直なところ名前も覚えていないが、ベッドまで行き着くのがものすごく簡単だったことだけは覚えている。翌朝になって向こうがこれからも会いたいというようなことを言った時、だから俺は例によって断ったのだ。

「で、どうすんだよ今晩」と、田中が言った。「来るだろ？　な？」

俺は、ダウンジャケットをつかんで立ちあがった。「遠慮しとくわ。ちょっと用事あるし」

「ええ？　何だよお前、ここんとこ付き合い悪くね？」

しつこく粘る田中に、またそのうち誘ってくれと言い置いて逃げだした。

次に田中に誘われたとしても、その時はまた適当なことを言って断るつもりだった。二回も続けて断れば次からは誘ってももらえなくなるだろうが、それならそれでかまわなかった。仲間の輪から弾き出されることのないよう、これまではたとえ面倒でも細かい付き合いを欠かさなかったのに、最近はどうでもいいというか、そういう遊び自体にまるで興味が持てない。前までならけっこう面白がってやっていたはずの何もかもがつまらなく思えてしまうのだ。

もしかすると、いちばん初めに夏姫さんと飲んだ夜、何げなく言われたあの言葉がきっかけだったのかもしれない。

〈ふうん。楽しい？〉

ふだんはどんなふうにして過ごしているのか、と訊かれた時のことだった。あの時点ではまさかその夜のうちに夏姫さんとベッドまで行くなんて思ってもいなかったから、ちょっとばかり大人ぶってみせたくてつい、女の子たちとのあれこれを思わせぶりに話したところもあったのだけれど——とにかくそれ以来、何かしようとするたびに、夏姫さんの声が呼び鈴みたいに頭の中で鳴る。

〈楽しい？〉

そう言われてあらためて考えてみればべつに楽しくなどなかったし、夏姫さんを知ってからはますます楽しくなくなった。合コンも、一夜限りのセックスも、夏姫さんと過ごす一分一秒に比べたらゴミみたいなものだった。どんなに顔の可愛い女の子も、話していて面白い子も、夏姫さんを知った後では紙人形みたいに薄っぺらく思えた。

とはいえ、俺にだってわかっている。夏姫さんの目から見れば、俺もたぶん同じくらい薄っぺらいんだろう。八歳という年の差そのものが気になったことはないけれど、八年間の経験の差は、やはりそう簡単には埋めがたいものがある。

学食のメニュー見本の前で溜め息をつく。

半ばやけっぱちでいつもより少し奮発し、Bランチを食うことにした。豚肉の生姜焼《しょうが》きと味噌汁《みそしる》、ほうれん草とモヤシの中華和《あ》え、冷や奴《ひやっこ》、漬け物。ものの五分で食い終わった後は、いつものとおりコーヒーを飲んだ。といっても、紙コップを置くと注がれる販売機のやつだ。ふだんはあんなカフェでバイトして、客から高い金をぼったくってい ながら、自分で飲むのはせいぜいこんなものかと思うとけっこうせつないものがある。

熱いだけが取り柄のコーヒーをすすりながら、俺は、夏姫さんと自分のために淹れた初めての一杯を思い起こした。

〈隣に誰かいると眠れないたちなの〉

部屋に男を泊めない理由について、彼女が説明してくれた答えをそのまま信じるわけではないけれど、でも実際、この三ヶ月ほどの間に夏姫さんの寝顔を見たことは一度もなかった。抱き合ったあとに俺がうとうと寝入ってしまっても、ようやく目覚めた時には隣に彼女の姿はなく、起きあがって見にいくと、一人で本や新聞を読んでいたり、小さな音でリビングのテレビを見ていたり、あるいは窓辺に立ち、煙草を片手にぼんやりと外の景色を眺めたりしているのだった。

抱き寄せようとする俺の腕を、夏姫さんが拒んだことはない。

にもかかわらず、このごろ俺はしょっちゅう不安に駆られる。彼女が俺のことをいったいどう思っているのか――つまり、一応は恋人として見てくれているのかどうか、いつまでたってもはっきり確かめることができなかったからだ。

〈夏姫さんにとって、俺は何？〉

一度だけそう訊いてみたこともあるのだが、

〈何だったら安心するの？〉

逆に訊き返されてしまった。

鼻白んで黙った俺に向かって、夏姫さんは微笑みながら言った。

〈友だちだとか、恋人だとか、そういう言葉でくることに何の意味がある？　私があなたのことを恋人だと言ったら、それだけであなたは安心するの？　それきり二度と不安にならないで済むの？　じゃあ私がもし、『私にとっては恋人なんかより友だちのほうがずっと大切よ』って言ったら、あなたはどうするの？　恋人をやめてでも、友だちになりたがるの？　――ね、わかるでしょ、呼び方なんてどうでもいいってことが。大事なのは、あなたも私も、今お互いを必要としあってるってことだけ。違う？〉

違わない、と俺は言った。もと国語教師を相手に、言葉で勝てるはずがないのだった。

でももちろん、納得なんかしていなかった。どういうふうに言えばちゃんと伝わるのかはわからないけれど、俺が言いたいのはそういうことではなかったのだ。呼び名なんかどうだっていいという理屈はわかる。というか、俺だって最初からそう思っている。なぜなら俺が知りたいのは、夏姫さんが俺を想ってくれる気持ちが、俺が彼女を想うのと同じ種類のものなのかどうか、ただそれだけだったからだ。

けれどやっぱり、それ以上つっこんでは訊けなかった。時々ああして届く誰かのメールについて、一度もはっきり訊けずにいるのと同じだった。それだけじゃない。夏姫さんがたまに見せるあの寂しそうな表情についても、彼女があまり話したがらない自身の過去についても、問いただしたいのはやまやまだったけれど、いざ思いきって訊いて、返ってきた答えが俺の望むものだった場合はいい。でもそれが、聞かないほうがよっぽどましなものだったとしたら……？

自分が怖がりだとは知っているつもりでいたが、まさかこれほどとは思わなかった。

人に期待しないことくらい慣れっこだったはずじゃないか、と俺は自分に言い聞かせた。三ヶ月前には夏姫さんの前で名乗ることさえできなかったのに、今ではいつでも話せて、いつでも会えて、そればかりか抱きあうことさえできて……これ以上、何を望もうっていうんだ？

初めから期待をしなければ、失望もしなくて済むのだ。身の程を忘れて欲張ると、ろくなことはない。へたをしたら、せっかく手に入れたものまで根こそぎ失うことになるかもしれない。

そう思うだけで気持ちがすくみ、俺はつい、夏姫さんの前で〈物分かりのいい彼氏〉を演じてしまうのだった。

そう――ちょうど昔の俺が〈聞き分けのいい子ども〉だったのと同じように。

6

今年の夏で七十六になるばあちゃんには、世にも嫌いなものが三つある。

納豆と、愚痴《ぐち》と、地震だ。

だから俺は昔から、納豆が食いたければ自分で買ってこなければならなかったし、愚痴をこぼしたければ他に聞き手を見つけなければならなかったが、ただひとつ、地震の時だけは、珍しくばあちゃんより優位に立つことができた。いつもあんなに気丈なばあちゃんが、ほんのちょっとユラッと揺れただけでも「慎一、慎一」と情けない声で俺を呼びながらそのへんにへたりこむのが常だったからだ。

三月半ばのその夜もそうだった。

四月下旬並みまで上がったという気温は日が暮れてからもあまり下がらず、部屋の真ん中のコタツがなんだか間が抜けて見えるくらいだった。

　最初にどすんっと縦に揺れた。あとからゆっさゆっさと横揺れが来て、ずいぶん長く揺れていた。その時ばあちゃんは台所で洗いものをしていて、俺は二階で雑誌を読んでいたのだが、例の「慎一、慎一」で俺が二階から駆けおりた時にはまだ、お湯は出しっぱなし、やかんは火にかけっぱなしで、結局ガスの元栓をしめたのも給湯器の種火を消したのも全部俺だった。

　たぶん、ここ二、三年では一番大きな地震だったんじゃないかと思う。関東地方で震度四だったらしいが、数字よりもずっとひどかったように感じられた。

　揺れがすっかりおさまってからも、ばあちゃんはめまいがすると言って青い顔でコタツのそばに座りこみ、仕方なく俺が背中をさすってやると、ふるえる手でぎゅっと俺の腕をつかんだ。象の皮膚みたいな皺《しわ》と、大小のシミだらけの、ひどく冷たい手だった。

「き……嫌いなんだよ、地震は」と、ばあちゃんはつぶやいた。

「知ってるよ」

「ほんとーうに、嫌いなんだよ」

　弱々しい声のわりには偉そうな口調だった。いくらか照れ隠しも混じっていたのかもしれない。

「心臓なんか、ごらんよ、まだこんなにドキドキいってる。ほら」

言いながらばあちゃんは、つかんでいる俺の手をそのまま持っていって自分の左胸にあてさせた。油断していたせいでまともにさわってしまい、俺はぎょっとなって慌てて手を引っこめた。

「なんだい、情けないねえ」しんどそうに息をしながらも、ばあちゃんは憎まれ口だけは忘れなかった。「こんな年寄りの乳揉んで照れてるようじゃ、あんたもまだまだ青いね」

「青いのは、てめえの顔だっつの」と俺は言ってやった。「ったく、誰が照れたりすんだよ。気色悪いんだよシワシワのフニャフニャで」

「あれま、憎たらしい」

「どっちが」

「あーあ、子どもなんか育てるもんじゃないねえ」ようやく少し落ち着いてきたのか、ばあちゃんは邪魔そうに俺を押しやり、両手でごしごし顔をこすった。「ちっちゃかった時はそりゃ可愛かったのにさあ。ここへ来た最初の頃なんか、毎晩あたしのおっぱ
……」

「やめろって、その話は」

「しっかり握って寝てたくせに」

「や・め・ろ」

げんなりしながら俺は言った。

もうすっかり、いつものばあちゃんだった。図らずも弱みを見せてしまった後は、たいていこうやって強引に主導権を奪い返そうとするのだ。

なかでもおっぱいの話は、俺がいちばん触れられたくない話題だった。たぶんあれは、赤んぼ返りみたいなものだったのだと思う。母親から置き去りにされた五歳の俺は、それから半年くらいの間、添い寝してくれるばあちゃんの胸をじかに触っていないと眠れなかった。そんなこと、きれいに忘れ去っていればしらを切り通すこともできたのだろうが、自分でもうっすら覚えているから始末が悪い。今さわったばあちゃんの胸の感触なんかモロにあの時のままで、それで俺は思わずうろたえてしまったのだった。体のほかの部分は本当にシワシワのフニャフニャのくせに、胸だけは昔と同じくらいたっぷりと量感があったからだ。

よっこいせ、と呟《つぶや》きながら、ばあちゃんがコタツ板に手をついて立ちあがる。

「大丈夫なのかよ」手を貸してやりながら俺は言った。「今日はもう、風呂入って早く寝れば？」

「だって洗い物しとかなきゃ」

「いいよ。そのくらいやっとくよ」

「……どうも、年取ったせいで耳が悪くなったかねえ」ばあちゃんはわざとらしくもボケたような顔で天井を見あげ、小指で耳をほじった。「それともあたしゃ、目ぇあいたまま夢でも見てんのかねえ」

「いいからほら、早く風呂入りなっての」適当に聞き流して、俺は言ってやった。「どうだよ。子どもだって、育てときゃ、たまにはいいこともあるだろ？」

鳴ってほしくない時の電話は、どうしてあんなに大きな音で鳴るんだろう。

風呂から上がったばあちゃんが、やっぱりまだ少し胸が苦しいと言って布団に入ったのが九時過ぎ――ちょうど寝入りばなに鳴り響いたその電話を、俺は慌てて二階で取った。はいタカノです、と言ったとたん、

（あらっ……）出だしからつんのめったような感じで、相手は口ごもった。（洋一さん、来てたの？　あの、七恵です）

「………」

（もしもし？）

「………」

数秒のあと、受話器の向こうでハッと息を呑む気配がした。

（――慎、ちゃん？）

俺は黙っていた。全身が、自分でもおかしいほど震えていた。

（慎ちゃんね？　そうなのね？　――ごめんね、普通に考えたらそうに決まってるのに、声があんまりそっくりだから、てっきりお父さんがそっちに来てるのかと思っちゃって）

体に力を入れて歯を食いしばると、なおさら震えが大きくなった。さっきの地震よりも大きな揺れが俺の中でだけ起こっていた。こんなに力を入れたら受話器がつぶれてしまうと思うのに、握りしめた手をゆるめることすらできない。

（久しぶり。元気でやってる？）

「…………」

（そっか）母親は、受話器の向こうでひっそりと笑った。（そりゃそうよね、話す気になんてなれないわよね。私も、謝るのはやめとく。今さら謝ったってしょうがないし。許してもらおうとも思ってないし）

「…………」

（とにかく、元気でやってるならそれでいいの。ただ――ほら、さっき大きな地震があったでしょ。おばあちゃん、地震大嫌いだったから、どうしてるかと思ったら気になっちゃって……。へんよね、急に。でも、いくら丈夫な人でももう年でしょ、またぬまいでも起こして寝込んでやしないかと思ったらなんだか心配で）

「…………」

（いいの、元気でいるならそれでいいのよ）

「……気じゃねえよ」

（え？　なに？）

「全然元気じゃねえよ！」と、俺はとうとう怒鳴った。「今だって寝込んでんのに、てめえのこの電話がいちばん迷惑なんだよ！」

（ご、ごめんなさい）

「ったく何を今ごろケロッとかけてきてんだよ、ふざけやがって」

（ごめん。ごめんね慎ちゃん）

「チャンとか気安く呼んでんじゃねえ！」

（ごめんなさ）

「こっちだっていつまでもガキじゃねえんだ。あれからいったい何年たったと思ってんだよ。ええ？　いったい今までどこ行ってたんだよ。じいちゃんの葬式ん時だってさんざん探し――そうだよ、じいちゃんとっくに死んじまったんだぞ、もう四年も前に。知らなかったろ、てめえの父親のくせしてよ！」

　シンとなったから、てっきりショックで声を失っているのかと思ったのに、

（ガン、だったんだってね）

俺は耳を疑った。

(知ってるわよ)と、母親は言った。(とはいっても、去年の今ごろ初めて知ったんだけどね)

「誰から聞いたんだよ」言いながらふと、この電話の第一声を思いだした。「もしかして、親父か?」

母親は黙っている。

あのクソ親父、と俺はつぶやいた。「信っじらんねえ。いつから連絡取り合ってんだよ」

(そんな、取り合ってるってほどじゃないけど。二回ほど話しただけよ)

「それで、今どこだよ、そこ」

(まあ、それはいいじゃないの)

「ふざけ……」

(知りたかったら、あとはお父さんに訊いて。とにかく、おばあちゃんのことよろしく頼むわ)

「はあ?」

(あんたも元気でね。じゃ、またそのうち連絡するから)

二度としなくていい! と、昔のじいちゃんのように怒鳴ってやることさえできなかった。言いたいことだけ言うと、母親は一方的に電話を切ってしまったからだ。

ツーッツーッと音をたてる子機をのろのろと元に戻す。

妙に静かになったなと思ってから、ぎくりとなった。つい大声を出していたことに今ごろ気づき、そっと部屋を出て階段の上から一階の暗がりをうかがう。幸い、ばあちゃんの寝ている仏間のふすまは閉まったままだった。

それだけ確かめると、俺は部屋に戻り、ベッドに座りこんだ。あまりにも混乱して、ばあちゃんではないが、そのまま寝込んでしまいそうだった。

母親のことなんか、もうとっくにあきらめていた。戻ってこないのはもちろん、生きていない可能性まで考えて、だからこそできるだけ思いださないようにしていたというのに、その当人からいきなりあんな——まるでほんの一年かそこら離れていただけのような調子で電話がかかってこようとは。

頭をかかえ、俺は自分の膝を間近に見つめて、体の中で渦巻く感情のすべてを抑えこもうとした。

十六年だぞ、と思ってみる。十六年ほっといた息子から今どこにいるんだと訊かれて、まあそれはいいじゃないの、と答える母親がどこにいる？　あきれて物が言えないとはこのことだ。非常識にも程がある。

と、そのとたん、自分でも意外なことに、ふっと苦笑いがもれた。

――まあ、当たり前か。そもそも常識的な親なら、最初から子どもにこういう仕打ちはしないもんな。

そう考えると、ほんの少しだけ冷静になることができた。

――生きてやがったのか。

やれやれ、と体を起こす。

――とにもかくにも、生きてはいたわけだ。

俺は、大きく深呼吸をした。

しかし、こうなると腹立たしいのはむしろ親父のほうだ。去年の段階で母親と連絡が取れていたのなら、どうして俺には教えてくれなかったんだ。ばあちゃんは、そのことを知らされていたんだろうか。知っていたなら、ばあちゃんまで同罪ということになる。

いてもたってもいられずに、俺は再び子機を取って親父の携帯にかけた。けっこう長く鳴った後で、少しかすれたような低い声が答えた。

（おう、どうした。珍しいな）

この声とそっくりなのか、と思ってみる。何だか妙な感じだった。

「そこどこ？　家？」

（ああ）

「じゃあ、あの人もいんの？」

「訊きたいことがあるんだけどさ。そこじゃ話しにくいんじゃないかと思って」

（……どうして）

（――どういう話だ？）

「あんたの元妻について」

あの母親を「おふくろ」とは死んでも呼びたくなかった。

親父は一度は黙りこんだが、次に口をひらいた時にはすでにだいたいのことを察しているようだった。

（こっちのことは気にしなくていい。彼女には全部話してあるから。――で、どうした。七恵からとうとう連絡でもあったか）

冷静すぎる父親の口調に、かえってむかついた。

「電話がかかってきたんだよ、ついさっき」と俺は言った。「ったく、信じらんねえよ。とっくに居所がわかってたんなら、どうして教えてくれなかったわけ？」

ぶり返してくる怒りを抑えながら大声を出すまいとこらえると、どうしても語尾がふるえてしまう。こんなことで動揺していると思われたくなくて、俺は懸命に平静な声を出そうとつとめた。

「俺にだって知る権利ってのがあんじゃねえの？　一応は息子なんだからさ。だいたい、なんで居所がわかったんだよ。っていうか、どっちから連絡したわけ？　もしかして、ばあちゃんもそれ知ってるわけ？　いったいあの人、今どこに住んで何やってるわけ？」

（まあ、ちょっと落ち着けや）

「落ち着いてるよ充分！」

親父は唸《うな》り声まじりの溜め息をついた。長い溜め息だった。

（順番に答えていくとだな。教えなかったのは、お前には言わないでくれとあいつに頼まれたからだ。今さら会わせる顔もないから、このままあきらめて忘れてもらったほうが気が楽なんだと。例によって勝手な理屈だし、結局自分で電話してるあたり、あの女も相変わらずワケがわからんが——とにかくまあ、お前だってもう母親が必要な年でもなかろうしさ。俺としては向こうがこの先どう出るか、とりあえずしばらく様子を見るつもりでいたわけだ。それが一年ばかり前のことだったかな。そもそもあいつ、何だって今ごろ電話してきたんだ？）

「さっきの地震で、ばあちゃん寝込んでないかってさ」

はっ、と親父は笑った。

（まあ、本音半分、口実半分てとこだな。で？　あとは何だっけ？）

「どうして居所がわかったかって」

（ああ、そのことな）親父はもうひとつ溜め息をついて続けた。（雑誌に載ってたんだ

よ。写真入りで)

「は?」

意味がわからずに訊き返すと、親父はその雑誌の名前を言った。俺は知らなかったが、なんでも趣味とか道具とかにいちいちこだわりのある中高年が読むことでわりと有名な雑誌なのだそうだ。

(久しぶりに買ったその号に、店の電話番号入りで紹介されてたもんでな。いやあ、そりゃあびっくりしたさ。たしか『モノを診る名医』とかいう特集だったかな。つまりこう、大事に使ってるものが壊れた時に修繕してくれる名人ばかりが載っててさ、時計だの、ナイフだの靴だの)

「親父。結論から言えよ」

(すまんすまん。それでまあ、何ていうかさ。たまたま買った雑誌に、十何年も行方知れずだった元女房が載ってるなんざ、これも運命ってやつかと思ってさ。しばらくは迷ったんだが、思いきって俺から電話してみたわけだ)

「何の名人だっていうんだよ、あの人」

(カケハギ名人)

「何、カケハギって」

(お前、カケハギも知らんのか)あきれた声で親父は言った。(簡単に言やあ、服を繕うことだな。背広やらズボンに煙草の灰で穴開けたり、釘にでも引っかけてカギ裂きを作ったとするだろう。それを跡が目立たないように継ぐことをカケハギというんだ）

「そんなの今どき需要あんのかよ」

（あるさそりゃあ、まあそれなりに。若いもんの着るような安い吊るしのスーツならともかく、上着だけで何万もする上等のツイードが煙草の焦げ跡ひとつでおじゃんになること考えてみろ）

「それで？　なんであの人が名人になんかなってんだよ」

（今の亭主がさ）

「亭主？」

（ああ。結婚して、もう七、八年にもなるんだと。まあ何人目の男かは知らんが、ともかくそいつが仕立屋でさ。一緒に日本橋で店をやってるうちに、）

「日本橋だ？」いちいち驚く自分にうんざりしながらも、俺は言った。「それってあの、東京の日本橋？」

（おれもそれは驚いた。てっきりうんと北のほうにいるんだろうと思ってたら、そんな近くにいたとはな。とにかくさ、そういうわけでこのごろじゃカケハギに関してだけは亭主よりあいつのほうがうまいんだと。そういやあ、もともと手先の器用なやつだったもんな。といってもお前は覚えてないか）

俺が黙っていると、親父は、どうだ、気は済んだか、と言った。

「済むわけねえだろ」と俺は言った。「で、ばあちゃんには言ったのかよ、このこと」

(もちろん)

「もちろん?」

(当たり前だろう。実の母親に、娘の無事を黙ってられるか)

「それを言うなら、実の息子の俺だっておんなじだろうがよ!」

(――残り時間が違う)と、親父はあっさり言った。(とはいってもな、連絡先まで教えようとしたら、いらんときっぱり断られたさ。親ばかりか子まで捨ててったような娘に、こっちから連絡してやる義理はないね、ときたもんだ。まったく、たいした婆さんだよ)

　そう言って親父は乾いた声で笑い、ついでのように言った。

(どうする。知りたきゃ教えてやるぞ)

「何を」

(電話番号)

「いらねえよ」

(ふん。まあ、知りたくなったらいつでも訊いてこいや。しかし、あれだ。この際ひとつだけ言わせてもらえばだな。お前、俺や七恵なんかに育てられるより、ずっとマトモ

に育ったと思うぞ。ばあちゃんに感謝して、大事にしてやるんだな〉

「人ごとみたいに言ってんなよ！」

ハハハ、と笑って、親父はぶつっと電話を切った。切りたい時にさっさと切るところなど、やっぱり似たもの夫婦だった。

再びベッドに腰をおろした時には、背骨にまるきり力が入らなくなってしまっていた。何かゼリー状の生きものになった気がした。

そのままずるずると寝転がって天井を見上げる。時間にしてほんの十五分ほどの間に、世界はぐるりと裏返しになってしまっていた。見慣れた天井までが妙によそよそしく思える。まるで、すべてがあべこべの鏡の世界に入りこんだかのようだ。

俺は、きつく目を閉じた。

〈親ばかりか子まで捨ててったような娘に、こっちから連絡してやる義理はないね、ときたもんだ。まったく、たいした婆さんだよ〉

──確かに、と俺も思った。

けれど、俺は知っている。いや、たぶん俺だけが知っている。ばあちゃんの本音はいつだって、気丈さの向こう側に隠されていて、なかなか表には出てこないのだ。それこそ、今夜のように大きな地震でもない限り。

本当は会いたいんじゃないだろうか。どうしようもない娘のかわりに孫の俺を育てながらも、ばあちゃんはただの一度も俺の前で娘の悪口を言うことはなかった。あれだけ年を取って、じいちゃんとも死に別れて、昔ほど体もきかなくなってきた今、一人娘が恋しくなったりはしないんだろうか。

いや、それを言うなら俺は……？

目をつぶったまましばらく考えてみたのだが、正直言ってよくわからなかった。意地とか怒りとか、そういったものをできるだけ取り払って考えようとしてみても、母親への恋しさなんてものは俺の中にはもうなさそうだった。たとえるなら、むかし隣の家に住んでいたおばさんみたいな感じだった。ほんの少しの懐かしさはあっても、今さら積極的に会いたいとは思わない、せいぜいその程度の存在ということだ。

なのに、今はどういうわけか寂しかった。声をあげてすすり泣きたいくらい寂しかった。

心臓の少し下にぽっかりと穴があき、そこを風が通って背中の側へ吹き抜けていくような、そんなどうしようもない寂しさが俺をひたしていた。今はもう恋しくも何ともないのに、なぜか子どもの頃のあの満たされなさだけが、まるで昨日母親の背中を見送ったばかりのような生々しさでよみがえってくるのだった。

7

鬱屈《うっくつ》した気分は、翌朝目が覚めてもまだ続いていた。

母親から電話があったことをばあちゃんに話すかどうかについてはずいぶん迷ったが、結局俺は、黙りこくって飯を食い、そのままバイトに出かけた。ばあちゃんだって親父とグルになってずっと黙っていたのだ。お互い様だろう。

その夜は、夏姫さんの携帯に連絡して呼びだした。おとといも会ったばかりだったから、どうしても会いたいんだと言うと驚かれたけれど、俺は会社のそばの喫茶店で夏姫さんを待ち、食事もそこそこに、ほとんど拉致《らち》するかのような勢いで連れて帰ってあの部屋で彼女を抱いた。

並んで横たわっているとき、夏姫さんは言った。

「……どうしたの、慎くん」

いつからか彼女は俺のことをそう呼ぶようになっていた。

「何か、あった？」

「べつに」と俺は言った。「なんで」

「なんとなく機嫌悪いみたいだから」

「べつに、何もないけど」

夏姫さんがふっと笑った。

「何だよ」

「慎くん、自分の癖知ってる？」

「癖？」

「何か隠したり、適当にごまかしたりする時、必ず『べつに』って言うの」

「そんなの、誰だって言うじゃんか」

「そうね」

「何にもないよ、べつに」

つるりと言ってしまってから、思わず舌打ちがもれた。

夏姫さんは黙って微笑《ほほえ》んでいる。

実際、隠しているわけではないのだった。というより、隠すほどのことでもないのだった。でも、電話の一件についてはどうにも夏姫さんに話して聞かせる気になれなかった。ゆうべからずっと胸の奥に吹いているこの人恋しい風について、うまく説明する自信がなかったのだ。たとえどういう言葉を使ったとしても、まるで俺が母親を恋しがっているかのように受け取られそうな気がした。

いいから先のことを考えようと俺は思った。犬か猫のように俺を捨てていった女じゃないか。それがたまたま元気でいたからってどうだというんだ。

「明日の土曜はどうする？」と俺は言ってみた。「バイトは四時には終わるよ」

会うことなんて大前提で、何時にどこで会うかという意味で訊《き》いたつもりだったのに、夏姫さんはさらりと答えた。「あ、ごめん。明日はだめなの」

だめなのはともかく、あまりにもさらりとし過ぎている気がした。どうしてそう感じたのかはわからない。〈ごめん〉と言った時の彼女の目が、ほんの一瞬かすかに揺れたように見えたせいかもしれない。

「なんか用事？」

「ちょっとね、友だちと会う約束しちゃって。でも、日曜日だったら朝から大丈夫よ。慎くんは？」

「──俺はいつだって暇だし」

「じゃあ、どこへ行く？　暖かそうなら少し遠出してみる？　お台場のほうとか、いっそ食い気に走って潮干狩りとか。混んでるかな。それとも、たまには鎌倉方面なんかもいいかも。しっとり連れだってお寺めぐりして、お昼は隠れ家みたいなお店でおいしいもの食べて。そういえばあのへんに、前からちょっと気になってる素敵なジャム屋さんがあるのよ。全部そのお店のオリジナル・レシピで、もちろん手作りなの。確かそのへんに雑誌の切り抜きが取ってあったはず……って、私ったら結局どこまでいっても食い気だわね」

いいんじゃない、と俺は苦笑して言った。ずいぶん饒舌《じょうぜつ》だなと思った。

「まあ、行き先は起きたときの気分で決めましょ。前みたいに、早く目が覚めたほうが電話して起こすってことでどう?」

「いいよ」

「ただし、今回はせめて八時くらいまで寝かせてよね。あなたは春休み中でしょうけど、私は次の日も会社があるんだから」

やがて、夏姫さんはいつものようにシャワーを浴びに行った。

俺のほうも薄暗いキッチンに立ち、勝手に冷蔵庫を開けてミネラルウォーターのボトルを取りだした。キャップをねじ切り、喉《のど》に流し込む。あまりの冷たさに、むき出しの腕のあたりがみるまに粟立《あわだ》つ。

その時、ヌ・ヌ・ヌ、というかすかな振動音が響いた。出どころはどうやらダイニングの椅子にかけてある夏姫さんのトレンチコートで、目をこらすとポケットからストラップが飛びだしているのがわかった。

空のボトルを捨て、近づいていった俺は、水滴で濡《ぬ》れた手を腹になすりつけて拭《ぬぐ》い、ポケットから赤い携帯をそろりと取り出した。いつもすぐそばで見ているのに初めて触れる夏姫さんの携帯だった。

〈あ、ごめん。明日はだめなの〉

振動音はもう鳴りやんでいたが、かわりに心臓がおかしいほど高鳴っている。

二つ折りのそれをひろげて、受信メールボックスを覗く。どうせロックがかかっているだろうと思ったのに、苦もなくひらいた。

そんなに人を信じてどうするんだよ、という思いが胸を刺し、今すぐやめなければと奥歯を嚙《か》みしめながらも、俺の指は勝手に受信フォルダを選んで開ける。覗《のぞ》いたことがバレないように、新しく届いた未読メールだけは注意深く避け、夕方俺自身が彼女に送ったメール——俺の名前は〈フルチン〉と登録されていた——の、さらにその前に届いた既読メールを、開けて、読む。その前も、その前も開けて、目を走らせていく。

シャワーの水音は続いている。

今度は送信フォルダを開け、夏姫さん自身が誰かに送ったメールの数々をスクロールしていく。俺宛てに送られた見覚えのあるメールと、仕事関係の短いメールに混じって、頻繁に現れる男の名前が一つだけあった。受信メールボックスのほうにも幾つか混じっていた名前だった。

——〈歩太くん〉。

下へ下へとどんなにスクロールしても、その宛名はしつこくくり返し現れた。

くそ、と舌打ちがもれた。何に苛《いら》つくといって、恋敵《こいがたき》の名前がすんなり読めないのがここまで苛立たしいことだとも思わなかった。

〈歩太くん〉〈フルチン〉〈フルチン〉〈フルチン〉〈フルチン〉〈歩太くん〉〈フルチン〉〈フルチン〉〈歩太くん〉〈フルチン〉〈フルチン〉〈歩太くん〉……。

俺宛てのメールより、数は少ないのに——向こうが夏姫さんに返信したメールに至ってはそれよりもさらに少ないのに、その名前は一種異様な存在感で俺を威圧してきた。まるでそこだけ特別の書体で記されているかのようだった。

あいつだ。

どう考えても、あいつだ。

去年の秋ごろ、一度だけカフェに姿を見せたあのペンキだらけの男。思えば夏姫さんが前の彼氏と別れることになったのもあいつが原因だったのだ。いま目にしているこの名前と同じく、不思議な存在感のある男だった。腰が低くて物静かなのに、妙な迫力がある。がっしりした体つきと太い首、日に灼《や》けた顔や腕、照れたような笑い方……。そういった姿かたちはもとより、あいつの描いた絵を眺めている時の夏姫さんの横顔を思い浮かべただけで、握りしめる手に力がこもっていく。このまま携帯をサバ折りにして壊してしまいたいという衝動をぐっとこらえる。

俺は、頬《ほお》の内側を奥歯で思いきり嚙みしめた。

それでなくてもゆうべの母親の電話以来やりきれない気分をもてあましてるっていうのに、何でこいつにまでこんな思いをさせられなきゃいけないんだよ。せっかく無理を言ってまで夏姫さんと会ったってのに、横からのこのこ現れて邪魔すんじゃねえよ。そう思うそばから、のこのこ現れたのは自分のほうではないのかという焦《あせ》りに押しつぶされそうになる。

ふっと、シャワーの音が途切れた。

急いで携帯を折りたたみ、元通りコートのポケットに滑りこませてから寝室へ戻った。ベッドにもぐりこんで眠ったふりをする。

けれど、まぶたをきつく閉じれば閉じるほど、脳裏に浮かぶ携帯の画面はどんどん輝度を増した。まぶしすぎて痛いほどだった。まるで網膜に焼きごてを押しあてられたみたいだった。

——〈歩太くん〉〈歩太くん〉〈歩太くん〉……。

俺は、古いマフィア映画に出てきた拷問を思いだした。灼熱《しやくねつ》の太陽に向けて顔を固定され、ナイフで両方のまぶたを切り取られるのだ。

人間、一線を踏みこえるのは案外簡単なものらしい。

境界となる線はとても細くて、無視しても大差ないもののように見えるから、本人はその時点では自分がたったの一歩でどれほど大きなものを踏みこえてしまったかに気づかない。気づくのは必ず、後になってからだ。そしてもちろん、後からではもう遅い。そんなふうな取り返しのつかない一歩が、かつては俺の母親にもあったのだろうし、父親にもあったのだろう。俺におけるその一歩は、言うまでもなく、夏姫さんの携帯をチェックしたあの瞬間だった。

土曜の午後、客がひけたテラス席のテーブルを片づけながら、俺はふと、夏姫さんにコーヒーをぶっかけたあの元彼のことを思いだした。そうして、ゆうべ自分のやったことはあの男にも劣る言語道断の行為なのだと思ってやりきれなくなった。

あいつはなるほどろくでもない男だったかもしれないが、曲がりなりにも夏姫さんと一対一で向かい合おうとはしていた。恋人に自分以外の男の影を感じた時も、俺みたいに隠れてメールをチェックするんじゃなく、正面切って彼女を問いただすほうを選んだ。その結果取った行動こそいささか極端だったにせよ、やつはやつなりに、少なくとも人としての筋だけは通していたのだ。

腕時計をのぞく。三時まであと少しだ。

夏姫さんはきっと今ごろ、こんなふうな喫茶店かどこかで〈歩太くん〉とやらを待っているんだろうなと俺は思った。

最新のメールは読んでいないから場所まではわからなかったが、二人が午後三時に待ち合わせて誰かを訪ねる予定だということは、その前の何通かのやり取りから読みとれた。人を待たせるのが嫌いな夏姫さんのことだから、相変わらず十五分も二十分も前に着いて、そわそわしながら彼女を待っているのだろう。そんな彼女の目の輝きや、人混みの中からあいつを見つけた時の笑顔を想像しただけで、俺は胃袋が炭化しそうな思いだった。

〈あのひとはそんなんじゃない〉と夏姫さんは前にきっぱり断言していたけれど、それなら彼女にとって〈歩太くん〉はいったい何だというのだろう。ああして個人的なメールのやりとりを覗き見る限り、そこにはまったく普通というか平熱といった感じのやりとりしかなかったけれど。

「知ってる？　岩崎恵子、とうとう高島くんと結婚するんだって。長い春だったね」

「知ってる。芝山から二次会の招待状がきた」

「私は行くつもりだけど、歩太くんは？」

「行かない」

「だと思った。ヘンクツなんだから、もう」

また別の日には、

「昨日別れ際に思ったけど、ちょっと痩《や》せたんじゃないの？　ちゃんと食べてる？　明

日にでも帰りに寄って何か作ったげようか〕
〔悪いけど、料理なら俺のほうがはるかに上手。いいからお前はお前のことをしろって。でないと、また男にふられるぞ〕
たぶん、大学時代に同じゼミだったとかサークル仲間だったとか、そんなふうな間柄なんだろうと俺は思った。でも、そこから読みとれる関係は、友だちというよりはまるでおせっかい焼きの妹とそれをうるさがる兄のようだった。あるいは姉と弟でもいい。どちらにしても、二人の間に色っぽいものなどは何もなさそうだった。
けれど俺にとって何よりこたえたのは、かえって、その文面のあまりの普通さだった。俺とのメールに見られるような秘密めいた言葉――たとえば、〈会いたい〉とか〈好きだ〉とかいった短い言葉に始まって、〈夏姫さんがあんまりしがみつくから今日はロッカー室で着替えるとき背中を見られないようにするのに苦労した〉とか、〈私だってゆうべ慎くんが無茶したせいで体の節々が痛くて困ってる〉とかいった艶《つや》っぽいやりとり――なんかはまったく、本当にまったく出てこないのにもかかわらず、むしろあまりにも普通であることがそのまま、彼らの間をつないでいる揺るぎない親密さの表れであるように思えたのだ。
夏姫さんの言葉をまるごと信じるなら、あの男は夏姫さんを女として抱いたことはないんだろう。ベッドの中で彼女の体がどんなふうに反り返るかも、どんな声ですすり泣くかも知らないのかもしれない。それでもやつは確実に、俺の知らない夏姫さんを知っている。俺なんかでは決して取って代わることのできない位置にいる。しかも、おそらく夏姫さんの心の中の最も深い部分に手の届くただ一人の存在でありながら、どういう理由でか彼女のそばに落ち着くことを拒んでいるのだ。

〈友だちだとか、恋人だとか、そういう言葉でくることに何の意味がある?〉

そう、そんなことには何の意味もない。俺がなりたいのは、友だちでもなければ恋人でもなかった。望んでいるのはただ、夏姫さんにとって唯一の存在になることだった。ちょうど、あの男のように。

これを嫉妬《しっと》というなら確かにそうなんだろうけれど、俺の中にいま渦巻いている感情は、単純に嫉妬とだけ言いきってしまうにはあまりに寂しくてやりきれないものだった。せつなさが足もとにからみつくようで、むなしさのあまり笑えてきそうで、それでいてある意味、とても子どもっぽいものでもあった。なぜなら俺は、全部欲しかったからだ。夏姫さんの愛人であると同時に、家族のようでもありたかった。一人前の男として認められ、八歳も年上の彼女の心だけじゃなく体までも骨抜きにするくらいの存在でありながら、その一方で気のおけない男友だちでもありたかったし、時には、しようのない弟扱いもされてみたかった。どれか一つだけでは満足できなかった。どれ一つとしてあきらめたくなかった。唯一であるだけではなくて、すべてでありたかった。

無茶だよな、と思ってみる。

人の気持ちなんて、どうせすぐ変わる。今すぐ変わらなくたって、いずれ変わる。夏姫さんの俺に対する気持ちだけじゃなく、俺自身の夏姫さんに対する気持ちさえ、いつ冷めてしまうかわからない。この世に永遠なんてありはしない。万一あったとしてもそれは俺らの手が届くものではないのだ、と——それくらいのこと、子どもの頃からいやというほどわかっているはずなのに。

その午後、俺はオーダーを二度間違え、客に呼ばれても気づかず、おまけに灰皿の中身を床にばらまくに至って、めずらしく店長の注意を受けた。

あのいけ好かない先輩社員が露骨なせせら笑いを向けてくるのはどうにか無視することができたが、帰りにロッカー室でヤマダから、

「お前、ヤリ過ぎで頭ぼけたんじゃねえの？　年上の女ってハマるとやばそうだよなあ」

そう言って笑いながらこづかれた時は、あやうく殴《なぐ》りかかりそうになってしまった。

どんな時も醒《さ》めた自分を保つことくらい朝飯前だったはずが、今はどうやってもむしゃくしゃした気分を抑えられない。体の中で、俺とは別の意思を持つ生きものが暴れ狂っているみたいだ。肩がこわばり、鼻で荒い息をついているのが自分でもわかる。

混んだ準急に無理やり乗り込み、外の闇《やみ》をにらみつけながら揺られて、ようやく大泉

学園の駅で降りた時にはすっかり疲れてしまっていた。

なま温かい春の夜風が頬を撫《な》でていく。

階段を降り、バス停へ向かいながら、俺はポケットから携帯を取りだした。家に着く前に、せめて一分でもいいから声が聞きたかった。目を閉じてあの涼やかな声に耳を傾けたなら、俺の中の凶暴な獣もとりあえず眠ってくれるだろう。今日は誰と何をしていたんだなんて、彼女を試すのはやめよう。明日二人でできることについて話せれば、それだけでいい。

途中のガードレールに腰をおろし、携帯を耳に当てる。

呼び出し音がいくつか響いた後、つながる気配に俺は顔をあげた。

（……Tドコモデス。オカケニナッタ電話ハ　電波ノ届カナイ場所ニアルカ　電源ガ入ッテイナイタメ　カカリマセン。コチラハＮＴ……）

まるまる二回と半分、同じアナウンスをくり返して聞いた後、耳から離して携帯を切った。ややあって、画面が暗くなる。

——どこだよ、電波の届かないところって。

またしても、奥歯がみしりと軋《きし》む。電源が切られているという可能性だってあったが、俺といる時は一度も切ったことなんてないくせにと思うとそっちも認めたくなかった。

三時にあいつと待ち合わせて、それから六時間近く。まだ一緒にいるんだろうか。いるとしたら今どこにいて、二人で何をしているんだろう。

よせばいいのに、下司《げす》な妄想がふくらんでいく。ゆうべ覗き見たメールから、これはどう考えても男と女の仲じゃないだろうと思った、その確信さえあっけなく崩れていく。

今から石神井公園の駅に取って返し、部屋の前で待ち伏せてやりたいという考えを、俺は必死の努力でふりはらった。相手が夏姫さんである以上、そんなしみったれた真似《まね》は、事態を悪化させこそすれ決していいほうには導かない。彼女を束縛しようなんてってのほかだ。例の元彼は、そこを間違えたせいで切り捨てられたのだ。

もう何も考えるな、と自分に言い聞かせながら、俺は来たバスに乗った。よけいなことは考えずに、熱い風呂にでも入って眠ってしまえ。そして明日の朝はさっさと起きて、八時になったと同時に夏姫さんを起こすんだ。

あんまりそのことばかり思い詰めていたせいで、家に帰り着き、『タカノ理容室』のガラスドアからこんな時間にまだ光がもれているのを見ても、不思議に思う余裕さえなかった。何の心構えもなくドアを開けたせいで、シェービングクリームの匂いのただ中へ顔をつっこんでしまい、一瞬ひどく無防備な気持ちになってうろたえる。

店の奥の丸椅子にぼんやり腰かけていたばあちゃんは、俺を見るなり疲れた顔で言った。

「ずいぶん遅かったんだねえ」

深い意味などなかったのだろうが、咎《とが》められているようでカチンときた。

「土曜はバイトだって言ってんだろ」

「そうだけど、晩ごはんはいつも食べたり食べなかったりじゃないか。せっかく携帯電話持ってるんなら、ひとことくらい連絡おし。無駄かもしれないと思いながら用意するほうの身にもなっとくれよ」

「いいよ、じゃあ。これからは土曜は絶対食わねえよ。それならいいんだろ」

ばあちゃんは溜《た》め息をついた。「そんなことは言ってないよ。帰れる時はなるたけ早く帰ってきて、一緒にごはん食べとくれ」

めずらしく殊勝なことを言うものだ。

「自分こそ、こんな遅くまでトロトロ何やってんだよ」と俺は言った。「客に長居でもされたわけ？」

「そうじゃないけど」

「じゃあさっさと片づけちまえよ」

「そうしたいんだけど、何だろうねえ、今日はなんだか体に力が入らなくって、すぐ息が切れるんだよ。これも一昨日《おととい》の地震のせいかねえ」

そう言われたとたん、またその夜の一件を思いだしてしまった。

ゆらりと胸の内にうごめく苛立ちを、どうにか腹の底まで飲み下そうとしながら、ば

あちゃんの横をすり抜けて奥の部屋へ上がろうとした時、

「ああ、ああ、またまだらしない髪型して」と、あきれた声でばあちゃんが言った。「襟《えり》足《あし》なんかギザギザじゃないか。いったいどこの素人《しろうと》に切らせたんだい」

原宿の美容室で、高い金を払って切ってもらったのだった。

「いいんだよ、これはこれで」

脱ぎ捨てようとした靴が、片足にひっかかって脱げない。

「よかないよ。ちょっとそこへお座り」のろくさい口調で言って、ばあちゃんは鏡の前を指さした。「せめて後ろだけでも、ちゃんとまっすぐそろえてやるから」

力任せに振ると、ようやく脱げたかわりに上がりがまちに足の小指をぶつけた。激痛が脳天へと突きあがる。

「……いいっての」痛みをこらえながら俺は呻《うめ》いた。「これはこういう髪型なんだよ、はじめから」

「ふん、とてもそうは見えないけどね。色だってそんな、あっちこっちムラになっちゃって」

「うっせえよ。今はこういうのが流行《はや》りなの。ってか、これがフツーなの」

「ほーお、フツーねえ」嫌味ったらしくばあちゃんは言った。「あんたいつも、フツーの人生はつまんないとか言ってなかったかい」

よ」
「あんたが髪染めたのも、あたしゃてっきり、フツーが嫌でそうしたのかと思ってた
「それと髪の毛とどう関係があんだよ」
「だからサラリーマンになんのは嫌だとか何とか」
「だから何だよ」

よ」

思わずぐっと詰まった。

「なのに、なあんだ。結局そのへんの連中と同じにしたくて染めたのかい」

「…………」

思いきり小馬鹿にしたように、ばあちゃんは言い放った。「はん、どうやら孫を買いかぶり過ぎたようだよ。あたしも耄碌《もうろく》したもんだね」

「うるせえな、ぐだぐだぐだぐだ！」つい怒鳴ってしまった。「今さら耄碌が聞いてあきれるよ。今まではそうじゃないとでも思ってたのかよ。動くのは口ばっかで、すぐそこの駅までだってろくに出ていかねえくせに、ばあちゃんなんかに今の何がわかるってんだ。ばあちゃんこそ、自分の感覚が古すぎるってことくらい、いいかげん自覚しろよ！」

一日じゅう抑えつけていた諸々がすべて一緒くたになって、竜が火を噴くみたいに俺の口から飛びだしていた。頭の隅は冷静にさめているのに、口だけが勝手に動いて止ま

らない。

「ったく、そんなだから客だって来なくなんだよ。パーマはいまだにサザエさんで、散髪は七三分けか五分刈りのどっちかでよ。こないだなんか外で爺《じい》さん同士が言ってたぞ、この店でヒゲ剃《そ》られんのも命がけだって。ばあちゃんだって自分でわかってんだろ、もうこれ以上一人で店やってく体力がねえことくらい。そうやって息が切れるだの疲れたの言ってへたり込むくらいなら、このへんできっぱり見切りつけてやめちまえばいいんだ。いつか客の喉かっさばいて殺しちまう前によ！」

上がりがまちの上から、うなだれているばあちゃんの薄いつむじを見おろして大声を出しながら、俺はずっと、こんなことが言いたいんじゃないと思っていた。店だけが支えのばあちゃんに向かって、こんなことは絶対に言うべきじゃないのもわかっていた。でも、止まらなかった。

しんとなった店の外を、車の音とヘッドライトが通り過ぎていく。しらじらとした蛍光灯の下で、ばあちゃんの丸まった背中がひどく小さく見える。

なんだよ、そんな顔でうつむくなよ、と思った。

なんで今夜に限って黙ってるんだよ。いつもみたいに憎まれ口で切り返しゃいいじゃないかよ。自分だってけっこうひどいこと言ったくせに、一方的にいじめられたみたいなふりすんなよ。

と、柱時計がギィ、ときしみ、間の抜けた音でぼーんぼーんと鳴った。十時だった。

気まずさの膜をかきわけるような思いで言ってみた。

「……俺、明日は朝から出かけるから」

ばあちゃんは返事をしなかった。たぶん、今の俺にはだんまりのほうがこたえると知っていてわざとやっているのだ。

俺は、黙って背中を向けた。そっちがその気なら、意地でも謝ってなんかやるもんか。

階段の途中でちらりとふり返ってみると、ばあちゃんは丸椅子からうっそりと腰をあげ、立てかけてあったホウキに手をのばしたところだった。

七時半に鳴りだした目覚ましを止め、寝ぼけまなこで下りてみたら、テーブルに朝飯の用意はなかった。

――ったくあのババア、いっぺんヘソ曲げると長いから。

舌打ちをしたものの、ゆうべの負い目もあって、俺はわざと能天気に呼びかけた。

「なあ、メシまだ?」

返事がない。

「ばあちゃん?」

どこかへ出かけたふうでもない。財布はいつもの小引き出しの上だ。なのに家の中はしんとしていた。仏間にも、裏庭にも姿がない。

やれやれと溜め息をついて、俺は声をはりあげた。

「わかったよ、もう。ゆうべは俺が悪かったよ」

それでも返事はなかった。

さては、と思った。俺にあんなふうに言われたことでかえって意地になって、はやばやと開店の準備でもしているのかもしれない。

覗きに行くと、シャンプー台の向こうにばあちゃんのサンダルが見えた。かがんで何か拾っているのかと思ったが、そうではなかった。

呼んでも聞こえないはずだった。

黒い理容椅子の下、冷たいタイルの床に、ばあちゃんは長々とうつぶせに横たわっていた。

近所の洋品店で買った安っぽい服の裾から、スリコギみたいな蒼白《あおじろ》い脚が二本突き出ていた。

8

それからの数日間のことは、断片的にしか覚えていない。

　頭の中に霧がかかったようだった。時々はふっと霧が晴れて意識がはっきりするのだが、あとは起きていても半分眠っているようだった。いずれにしろ大差はなかった。昼間思い浮かべるばあちゃんも、夜の夢に出てくるばあちゃんも、どちらも死ぬ前の夜の、あの背中を丸めた姿ばかりだったからだ。

「心筋梗塞《しんきんこうそく》というのは怖ろしいものでしてね。まだ息のあるうちに運ばれてくる患者さんでも、その晩から一両日のうちに亡くなられる方が少なくないんです。ふつうは、女性よりも男性に多いものなんですが」

　医者の言うのが本当なら、ずいぶんな貧乏くじを引かされたもんだな、と俺は思った。こんな可愛《かわい》くない孫を押しつけられただけでも苦労続きの人生だったろうに、最後の最期にまでそんな――。

「心臓の壊死《えし》の具合を見ますと、ほぼ即死に近い状態だったようですね」そう言って、医者は慰めるように付け加えた。「おそらく、ほとんど苦しまれずに逝かれたと思いますよ」

わかるものか、と俺は思った。

もしかしたら、苦しい息の下から俺の名を呼んだのかもしれない。ちょうど地震の時みたいに、〈慎一、慎一〉と、かぼそい声で助けを求めたのかもしれない。だとしたら、どんなに心細かったことだろう。俺が聞きつけて下りてくるのを、どれほど強く願ったことだろう。でも、その声も、願いも、とうとう俺には届かなかった。朝方、ばあちゃんが胸を押さえて倒れたはずのその時間、俺はまだ眠りの底にどっぷりと沈んでいて、下の物音になどまるで気づかなかった。見つけた時には、ばあちゃんは冷たくなっていた。もうすっかり死んでしまっているのがわかった。これ以上はないほど完全にだ。

痺《しび》れた頭で、俺はとにかく親父に電話しようとした。

なのに、気がつくと受話器の向こうにいるのは夏姫さんだった。動転していたせいなのか、それとも俺の本心がそれを望んでいたせいなのかはわからない。

夏姫さんはまだ寝起きの声でのんびりと、いいお天気ねえ、と言ったが、事情を聞くなり息を呑《の》んだ。

(すぐ救急車呼んで)

「だって、もう冷たいんだよ」

(それでも呼ぶのよ。それから、とにかくお父様に連絡して。私も今すぐ行くから)

「来なくていいって」と、せいいっぱいの強がりで俺は言った。「どうせ入れ違いになるし。だいいち、親父に何て挨拶《あいさつ》するんだよ」

(だけど……)

「大丈夫だってば、子どもじゃないんだから」

(——慎くん)

「うん？」

(ほんとに、大丈夫？)

もちろん、と俺は言った。

そうして、あれよあれよという間に親父の指示で葬儀屋が手配された。ろくでもない親父だが、こういう実務的なことをやらせると手際が良かった。

通夜と葬儀は、じいちゃんの墓のある菩提寺《ぼだいじ》で行われることになり、喪主は親父が務めることになった。こんな時だけ大役を押しつけられた親父もいい迷惑だったろうが、これまで俺をばあちゃんに押しつけて楽をしてきたんだから当然だろうとも思う。遺影に使われたのは、おととしの花見の時に俺が撮ってやったピンボケの写真だった。ばあちゃんは入れ歯の口をすぼめて恥ずかしそうに笑っていた。

通夜には、じいちゃんの時代からの店の客や、近所の人たちのほとんどが集まってくれた。夏姫さんも来てくれていた。

半ば予想していたことだけれど、最後のほうでは母親の姿もちらりと見えた。ずいぶん年を取り、太ってしまって昔の面影はほとんどなかったけれど、それでも一目でわかった。

親父が知らせてやったに違いないが、俺にはもう、帰れと怒鳴りつける気力もなかった。焼香のとき一度だけ視線が合ったら、涙でぐしゃぐしゃの顔だった。勝手に身内を捨てていったのは自分のくせに、何で今さらそんなにと思うくらい身も世もなく泣いていた。でも、それを見たとき初めて、何かが俺の胸に落ちたのだった。許せたとか、理解できたというのとは違う。むしろようやく、突き放して見ることができたというのに近い。自分を捨てた母親としてではなく、俺とはもう関係のない一人の人間としてだ。

俺もあれくらいぼろぼろ泣けたらと思うとうらやましかった。あんな母親にも、おそらく彼女なりの後悔があるんだろう。俺があの夜ばあちゃんにぶつけた言葉を、この先どこまでも悔やみ続けるのと同じように。

葬式に出たくらいで少しでも気が楽になるなら、好きにすればいいと思った。何をするにも、人はたいがい遅すぎる——。

その夜、十二時も近くなってから、夏姫さんに電話してみた。彼女はまだ起きていた。(ごめんね、ずっと一緒にいてあげられなくて)と、彼女は小さな声で言った。(明日のお葬式にも出られなくて)

「今日来てくれただけで充分だよ」と俺は言った。「夏姫さんのこと、ばあちゃんには
ちゃんと紹介しといたから」

（なんて？）

俺が答えずにいると、電話の向こうで夏姫さんがひっそりと微笑む気配がした。

（そこ、まだお通夜の席？）

「うん。外に出てかけてる」と俺は言った。「あのさ。頼みがあるんだけど」

（なに？）

「明日の晩、会えるかな」

（え、だって明日は……）

「そうなんだけど、ほんの少しでいいんだ。夜、ちょっと顔見るだけでも」

しばらく黙っていた後で、彼女は言った。（わかった。全部きちんと済ませて、本当
に一人になれるようだったら電話して）

「ちゃんと、俺のためにだけ時間あけといてくれる？」

どういう意味で俺がそんなことを言ったのかわからなかったのだろう。

（当たり前でしょう？）彼女は不思議そうに言った。（だけど、本当にいいの？）

「何が」

（よりによってそんな大事な日に、ほんとに一人になっちゃっていいの？　誰かに迷惑

かけるようなことにならない？）

　思わず苦笑がもれた。

「ずっと、ばあちゃんと俺の二人きりだったんだぜ？　今さら俺が一人になることで、誰に迷惑かけるっていうのさ」

　夏姫さんも、それ以上は何も言わなかった。


　満月だったが、しばらく前から少し雲が出始めていた。

　俺と夏姫さんは彼女の部屋の窓辺に並んで立ち、坂の下の池と森をぼんやり眺めていた。

　青く浮かびあがる石神井池に、透《す》きとおった光の束がさしている。水面に薄い膜を浮かべたかのように見えるその光は、刻々と形を変えながらも硬質な銀色を保っていた。

　葬式を終え、火葬場でのすべてを済ませて、親父の車で『タカノ理容室』の前まで送ってもらった時、あたりはもう薄暗かった。

　親父は今夜もうちに泊まればいいじゃないかと言ったが、俺は首を横に振った。心配なんかされるより、早く一人きりになりたかった。夏姫さんと会う前に、何とか平静な顔を装えるように練習しておきたかったのだ。

けれど、親父の車を見送り、鍵を開けて家の中に入ったと同時に、俺はとうてい一人でなんかいられないことを悟った。

五日も店を開けていないのに、家の中には長年の間にしみついた床屋独特の匂いが漂っていて、そのただなかに立ったとたん、例の記憶の箱の鍵が片っぱしから弾け飛び、ふたがばんばん開いていった。次から次へと開いて、押さえようとしても間に合うものではなかった。

俺は、食いしばった歯の間から漏れる唸《うな》り声を、必死に押しつぶそうとした。喪服を脱ぎ捨てただけですぐにまた家を飛び出し、夏姫さんに電話をかけた。

驚いたことに、彼女はもう部屋にいた。今日ばかりは定時で切りあげてまっすぐ帰ってきたのだと彼女は言い、俺の顔を見ると、何も聞かないうちから、今夜はここに泊まっていくといいわ、と言った。

ただの同情で言われているだけなのはわかったが、今はそれでも嬉《うれ》しかった。嬉しいというより、ありがたかった。ほとんど泣きそうになるくらいありがたかった。

「ねえ」

遠慮がちな小声で夏姫さんがささやく。俺は隣を見やった。

「——うん？」

「慎くん、これからどうするの？」

「どうするって？」

「今までの家で一人暮らしするの？　それとも、お父様と？」

それはありえないよ、と俺は言った。

じつをいうと親父のほうも、何なら一緒に暮らすかと言ってはくれたのだけれど、こっちだってもう保護者を必要とする年でもないし、だいいちあのマンションときたらここ数日泊まっただけでも居心地の悪いことこの上なかったのだ。親父の相手の女性が、まるで俺を牽制《けんせい》するかのように、あちこちに自分の痕跡を残していたからだった。そういうところに無頓着《むとんちゃく》な親父はどうせ何も感じちゃいないんだろうが、台所の椅子にはさりげなく花柄のエプロンがたたんで置かれていたし、食器棚には夫婦茶碗《めおとぢゃわん》、洗面所には女性用の化粧水やクリーム、おまけにベランダには、いかにもうっかり取り込み忘れたかのように、やたらと色っぽい下着がひらひらと干してあった。

てめえは電柱に小便を引っかける犬かよ、と俺は胸のうちで毒づいた。牽制というよりそれは縄張りの主張だった。もっと言うなら、ほとんど宣戦布告だった。

初めから一緒に住むつもりなんかこれっぽっちもなかったが、向こうのやり方があんまり露骨だったから、親父の誘いに対してはあえて、〈もしかするとそうさせてもらうかも〉と答えておいた。少しくらい気を揉《も》ませて仕返ししてやらなくてはおさまらなかったのだ。

でも——現実問題として、ばあちゃんと暮らしたあの家で本当に一人で暮らせるかどうかについては、あまり自信がなかった。ああして家の中に漂う匂いをかいだとたん息が詰まる思いがしたのは、思い出がせつなかったせいばかりじゃない。何を見ても、何に触れても、ひたすら後悔にさいなまれるせいだった。

自分のベッドを見れば、どうしてあの時もっと真面目に腰を揉んでやらなかったのかと思う。仏間の小机の上に、集めると景品がもらえるシールを貼った紙がきちんと重ねてあるのを見れば、どうして見るたび鼻で笑ったりしたんだろうと思う。ばあちゃんが最後の晩に座っていた赤い丸椅子。皺《しわ》の寄った指で、そこへお座り、と指さした鏡。苛立っていた俺が足をぶつけた上がりがまち、そしてあの朝、冷たくなったばあちゃんが横たわっていたタイルの床……。すべての情景が俺に、もう二度と挽回《ばんかい》しようのない過ちをこれでもかとばかりに突きつけるのだ。何度も、何度も、まるで傷のついたレコードみたいに。

「やっぱ、俺のせいなのかな……」

気がつくと、声に出てしまっていた。

「え？」

夏姫さんの澄んだ目が、じっと俺の横顔に注がれている。

彼女には、あの夜ばあちゃんと言い争ったことだけは打ち明けたけれど、それ以上のことは何も話していなかった。〈何でも聞くよ〉とせっかく言ってもらったのに、それでも打ち明けられなかった。いざ打ち明けたはいいが、どうしておばあちゃまにそんなひどい八つ当たりをしたの、苛立っていた原因は何だったの、などと訊かれたら、あんたがあの男と会っていたせいじゃないか！　と口走ってしまいそうで怖かったのだ。今は絶対言うまいと思っていても、そう思い詰めれば思い詰めるほど、いざとなったら口からこぼれてしまいそうな気がした。言っちゃいけないことを言うことにかけては、何しろ俺は天才のようだから。

「何でもないよ」と、俺は言った。

けれど、夏姫さんはゆっくりと首をふった。「おばあちゃまの、心臓のこと？」

俺が黙っていると、彼女は窓の外に目を戻した。

「そうね。確かに、あなたのせいかもしれない。そうじゃないかもしれない。それはもう、誰にもわからない」

「――あんまり慰めには聞こえないんだけど」

「慰めてるつもりはないもの」

「……ひどいな」

「そう？　でも、私がいくら『違うわ、あれがおばあちゃまの天命だったのよ』なんて言ったところで、あなたのその後悔が消えて無くなるものじゃないでしょう?」

「………」

「誰に何を言われても消えない後悔なら、自分で一生抱えていくしかないのよ」

相変わらず、先生だった昔を彷彿《ほうふつ》とさせる口調だったが、不思議と説教くさくは聞こえなかった。たとえ例の〈一般論〉で言われているのだとしてもだ。

そういえば、今ふと思いだした。彼女が本当に俺の担任だった頃、かなり厳しく言われたことがある。高一の、たしか二学期の個人面談の時だ。

あの頃俺は今以上に自意識過剰で、自分をもうすっかり大人だと思っていた。生い立ちが人より少しばかり複雑だったせいで、すでに世の中の表も裏も見てきたつもりになっていて、クラスの連中がひどく幼く思えて仕方なかった。この年でまだ子どもでいられるとはなんて幸せなことだろうと、一段高いところから彼らを憐《あわ》れむように眺めていた。あれはしかし、今思うと、彼らの幸運を妬《ねた》まずにいるための(あるいはひがまずにいるための)自己防衛本能の一種にすぎなかったのかもしれない。

夏姫さん——いや、斎藤先生には、それがわかっていたのだろう。彼女はあの日、成績の話がひととおり済んだ後で、俺をまっすぐに見て口をひらいた。

〈ここから先のことはね、古幡《ひ》くん。あなたが、話せばちゃんとわかる人だと思うから言うんだけれど——あなたに惹かれてまわりに集まってくる人たちがいる一方で、あなたのことを思いきり敬遠する人がいるのがなぜだかわかる？　あなたが時々、人が変わったみたいに残酷になるからよ。授業中の討論でも、あるいは休み時間であっても、何かをめぐって対立した相手を絶対にやり込めてやるぞって気持ちになったとたん、あなたはその人をどこまでも追いつめて逃げ道をふさぐことに全力を注ぐ。時には、本来そこで問題になっていることとは少しはずれたことまで持ち出して、その人のパーソナリティそのものを否定するようなきついことを口にするの。頭の回転が速いあなたのことだから、たいていの相手なら言い負かすことができるでしょう。ちょっと言い過ぎたかなと思ったときは、それなりにフォローだってしてみせるでしょう。そうしてあなたは、相手が黙ってしまったことで満足して、それきりそのことを忘れてしまう。でもね、よく聞いて、古幡くん。言われたほうは忘れないのよ。わかる？　その場は笑って忘れたふりをしても、心の底では、傷つけられたことを忘れられっこないのよ。あなたは自分のそういうところを強さだと思っているかもしれないけれど、私に言わせればそれは、強さじゃなくてむしろ弱さだと思う。言うべきでない言葉まで我慢できずに口にしてしまう、あなたの弱さよ。——ねえ、私だって何も、すべての人にいい顔をしなさいなんて言わない。自分の意見を主張することはもちろん大事よ。相手の言っていることが間違いだと思ったら、対立しないわけにいかない場合だって、信じるもののために戦わなくちゃならないことだってあるでしょう。でもね、必要以上に人を傷つけて勝ち誇るのはやめなさい。人をやり込めることで自分の優位を確かめるその癖を直しなさい。でないと、いつかあなたのまわりには、ほんとうのことを言ってくれる人が誰もいなくなるわよ〉

まるで、予言のようだった、と思う。

それから五年の間にも、俺はこりずに何度も同じことをくり返してきたし、現にあの晩もやっぱり、ばあちゃんをやり込めて黙らせるためだけに、最も効果的に傷つける言葉を選んで口にしたのだ。毎日店を開けることをばあちゃんがどれほど生きる支えにしているか、この俺が一番よく知っているはずだったのに。

「――先生」

思わず口をついて出た。久しぶりの呼び名に、彼女が不思議そうな顔でこっちを見る。あえて言い直すことをせず、その目をまっすぐ受けとめて、俺は言った。「どうしてあの時、先生辞めたの？」

「……なあに、急に」

「急じゃないよ。ずっと不思議に思ってた」

「前にもしたじゃない、その話は」

「自分には向いてなかったって話だろ？　けど、俺にはどうしてもそうは思えないんだ。ほんとのこと教えてよ。何で辞めたの？」

夏姫さんは、じっと黙っていた。

あんまり長い沈黙にしびれを切らした俺が再び口をひらきかけたとき、彼女はすっと俺の後ろをすり抜けるようにしてリビングを横切り、キッチンへ行った。小さな専用の保冷庫からワインを出し、続いて食器棚からデカンタとグラスを二つ取りだす。

「おつまみ、何か欲しい？」俺のほうを見ずに、彼女は言った。「おなかすいてるんじゃない？」

「――いいよ、酒だけで」

夏姫さんは慣れた手つきでコルクを抜き、デカンタに移してひと息ついた。「だけど考えてみたら、お葬式の晩に赤ワインなんて不謹慎よね。ごめん」

俺は、ちょっと笑って言った。「じゃあさ。グラス、もう一個出してくれる？」

「ん？」

「あの婆さん、年の割にけっこうイケる口だったんだ」

夏姫さんは微笑み、一番上等のヴェネチアングラスを出してきて、そっとワインを注いでくれた。

さすがに乾杯はしなかった。

葬式の晩に赤ワインで乾杯なんかされたら、ばあちゃんのことだ、夢枕に化けて出るにきまっている。

「なにも、もったいぶって隠してたわけじゃないのよ」

グラスを半分くらい空けたところで、夏姫さんはようやく話しだした。

「辞めた理由をあなたに言わなかったのは、真面目《まじめ》に話して聞かせるのも恥ずかしいくらい情けない理由だったから。それだけ」

俺らはカーペットの上にじかに座り、ソファの後ろ側によりかかっていた。やはりじかに床に置かれたトレイの上には、優美な曲線を描くデカンタと、いつまでも中身の減らないグラスがひとつ置かれていた。

「ねえ、栗原《くりはら》さんって子、覚えてる？　同じクラスの」

いきなりその名前が出てきたことに驚きながら、覚えてるけど、と俺は言った。

「冬休みに入る頃から、彼女、学校を休みがちになったでしょう。休み明けにはもう、全然出てこなくなっちゃって」

それもよく覚えていた。俺らの学年で不登校になったのは彼女だけだったからだ。

「あの時、みんなには内緒にしていたけど……今だってこんなこと話すべきじゃないとは思うんだけど、じつをいうと彼女ね。二月の半ば頃だったか、家で自殺未遂を起こしたの」

「えっ」

「カッターで手首を切って」

「……まじで」

「びっくりするでしょ。こう言っちゃ何だけど、ひょうきんっていうか、お調子者といってもいいくらい明るい子だったのに」

声が出なかった。びっくりどころか、相当ショックだった。

「私ももちろん何度もお宅に伺ったんだけど、なかなか会ってもらえなくて、ようやく会えても何にも話してもらえなくて……。とうとう、一年生の時に彼女と仲が良かった別のクラスの子から知らされたの。夏休みが明けたあたりから、栗原さん、ずっといじめられてたんだって。ブスとか、くさいとか汚いとか、菌がうつるとか言われたり、みんなから無視されたり。私ね、担任なのにそんなことちっとも気がつかなかった。ほんとに何にも気がつかなかったのよ。——あなた、知ってた？」

「……まあ、なんとなく」と、俺は言った。

でも、夏姫さんが気がつかなかったのは無理もないだろうと思った。誰かをいじめる時、わざわざ教師の見ている前でやる生徒はいない。ターゲットにだって初めから、決して告げ口しなさそうなやつを選ぶのだ。

「いじめの事実があったとわかった時は、教頭先生や校長先生からそりゃあいろいろ言われたわ。親御さんたちからも、ずいぶん責められた。でも、それはいいの、言われて当然だし、私の落ち度以外の何ものでもなかったんだから。私が耐えられなかったのはね、もし――もしもよ、本当に栗原さんが死んでしまっていたらどうなっていたかっていうこと。その可能性を考えたとたんに、自信のかけらもなくなった。教壇に立つことすら怖くなったわ。この中の誰かが今も私にSOSを送ってるのかもしれない、気がついていないのは私だけかもしれないと思ったら、自分の見ている何を信じればいいのかわからなくなった。だって、考えてもみてよ。栗原さんの時だってそうだったのよ？　兆候に気づいていながら対処を先のばしにしたとかならまだ改めようもあるけど、他の子と同じように栗原さんとも面談していながら、本当に、何ひとつ気がつかなかったのよ？　また同じことが起こらないってどうして言える？　別の生徒が自殺を考えたりして、今度はうっかりそれに成功してしまわないってどうして言える？　誰かの生き死にのカギを自分が握ってるなんて、そんなこと……」

「――それで、辞めたわけ？」

夏姫さんはゆっくりとワインをすすった。

「だから、前にも言ったでしょ。辞めてしまったくらいだから、もともと教師に向いてなかったんだって。あれは詭弁《きべん》でも何でもない、ほんとのことよ。いくら強がってみても、人が生きるとか死ぬとかってことに関してだけは、情けないくらい弱いのよ私。でも、そういうことを前にして腰が引けてるようじゃ、教師っていう仕事はとうてい務まらないのよ」

俺は、黙っていた。

俺のグラスもほとんど空になりかけていたが、酔いは少しもまわらなかった。トレイの上にグラスがもうひとつあるせいで、まるでばあちゃんも一緒に聞いているみたいだった。

「さっきさ。話したいことがあるなら聞くって言ってくれたよね」

「――ええ」

「じゃあ、ひとつ聞いてくれる？」

「いいわよ。何？」

思いきって言った。「俺も、栗原のことをいじめてた」

「……………」

「これはいじめなんだっていうふうに、はっきり自覚はしてなかったけど、みんなが栗原をいじりまわすのを止めはしなかったし、それどころかけっこう一緒になって笑ったり横から煽《あお》ったりしてた覚えがある。いろいろ言われてる栗原がまたヘラヘラ笑ってるもんだから、クラスの中にもこいつにだけは何言っても許されるみたいな空気ができあがっちゃってさ。だんだんエスカレートしていく途中で、こりゃちょっとヤバいかなとは思うんだけど、それもすぐ麻痺《まひ》していくんだ。はっきり言って、みんなだってそれほど悪意はなかったと思うよ」

「そんな、」

「わかってる。自殺までしようとした栗原にとっては、とんでもない言いぐさだよな。それはわかってるんだけど——でも、ここだけの話、言わせてもらえば栗原のやつにだって落ち度はあったと思うんだ。お調子者なのはいいけどあいつもけっこう無神経で、それこそ人を傷つけるような、全然冗談になんないこと平気で口にしてたし。まわりが引いてても空気読めないし。なのに、たまたまいじめを苦にして自殺未遂までしたってことになると、いきなりあっちだけが被害者みたいに扱われるのは、正直、腑《ふ》に落ちないっていうか、不公平っていうかさ……」

「いじめられる人にはいじめられるだけの理由がある、ってこと？」

「そこまでは言わないけど」

「でも極論すればそういうことよね？」

「………」

夏姫さんは、深い溜め息をついた。「それでもね。どんな理由があろうと、人を自殺にまで追いこむ権利は誰にもないのよ。いじめに関しては絶対に、いじめたほうが悪いのよ。なぜって、被害の度合いが比べものにならないからよ。『いじめられるのがつらいから』という理由で死を選ぶ子はいても、『自分が今いじめてる相手がどうしても気にくわないから』という理由で死ぬいじめっ子はいないでしょう？　端的に言えばそういうことよ」

「――それさ。本心からそう思ってる？」

「どういう意味？」

「いじめたほうが絶対悪いって――建前じゃなく、ほんとうの本音でそう信じて言ってる？」

「当然でしょう？　あなたに向かって建前なんか並べてどうしようっていうのよ」

俺は、思わず苦笑いした。「やっぱ、先生辞めなきゃよかったのに」

「え？」

「まあ、これも勝手な言いぐさだと思うけどさ。だって俺らが夏姫さんのこと辞めさせる原因作ったわけだし。あの時はいきなり放り出されたみたいで裏切られた気分だったけど、何のことはない、俺らの自業自得だったんだし」

「…………」

「でもさ。今どき、そういうこと本気で言ってのける先生って少ないと思うよ。二年の時の担任なんか、『黙っていじめられてるやつも悪い』とか平気で言ってたぐらいだもん。勝手を承知で言わせてもらえば、夏姫さん、やっぱり教師やるべきだよ。合ってるよ、一番」

夏姫さんはうつむいて苦笑し、頑固に首を振った。「言ったでしょ。自分のしたことや、しなかったことが、誰かの生き死にを左右するかもしれない——そんな立場に立つのは嫌なのよ。もう絶対に」

「けど、そうは言っても栗原は結局助かったんだしさ」

「そりゃ彼女はそうだったけど」

「え？」

「……何でもない」夏姫さんは、額から指を入れるようにして髪をかき上げた。「私のことなんかより、あなたこそどうなのよ」

「俺が何」

「したいこととか、なりたいものは何かないの？」

「べつに」

「またそうやってはぐらかす。友だちなんかとそういう話はしないの？」

俺は肩をすくめた。「自分が訊かれて困ることは、人にも突っこまないんだよ」

「そんなの、友だちって呼べるのかな。今どきの子はみんなそうなのかもしれないけど、そうやって突っこんで話すことをためらってばかりじゃ、ほんとの人間関係なんて築けないじゃない。大学時代って、一生の友だちを作る最高の機会なのに……」

「やめてくれよ」と俺は言った。「そういう口うるさいとこ、ばあちゃんみてえ」

黙らせるつもりで言ったのに、

「それは光栄」夏姫さんはさらりと受け流した。「ねえ、そういえば美容師は？」

「は？」

「あなた得意だったじゃない、人の髪いじるの。面談でもたしかそんなふうなこと言ってなかった？　私にまで、短いのも似合うはずだとか、いつか自分に切らせてくれとか」

「――昔のことだよ」

言いながら、俺は思いきり苦い顔をしていたと思う。

夏姫さんもそれに気づいたのだろう、グラスを置いて俺の目をのぞきこもうとする。こうなるともう、〈べつに〉の一言でごまかせるものではなかった。まったく、なんだって今夜はこんな、昔の思い出話大会みたいなことになってしまったんだろう。おそらくは、二人で飲んでいるのか三人で飲んでいるのかわからないこの酒のせいだ。それとたぶん、窓から射しこむ月の光のせいだ。

仕方なく、俺は言った。

「夏姫さんが辞めてった後の、高二の時の文化祭でさ。たまたま演劇部のやつに頼まれて、本番の裏方をちょっと手伝ったわけ」

その頃の俺は、背こそ一年の時に比べればだいぶ伸びたものの、まだ痩《や》せっぽちでひょろりとしていた。なるほど人に対して時折きついことは言ったかもしれないが、顔立ちだけは優しげで、母親似の色白で、ちょっと見ると歌舞伎の女形みたいだったと思う。思春期まっ只中《ただなか》の俺自身、それがコンプレックスでもあった。

その年の演劇部のだしものは生意気にもシェイクスピアの『空騒ぎ』で、俺が頼まれたのは出演者のいわばヘアメイクだった。ふだん友だちの髪を刈って小遣いを稼いでいたくらいだから、将来の夢として確かに美容師というのも考えないではなかったし、親しいやつらにはその通り打ち明けたりもしていたのだ。

俺は店からホットカーラーを持ってきて、女子の髪を巻いたり結い上げたり必要ならばカツラをかぶせたりしてやり、男の髪にも整髪料をつけて艶《つや》を出し、入念に櫛《くし》を入れてやった。メイクの手順やコツなどはあらかじめ店に置いてある女性雑誌でこっそり研究しておいたから、とくに女の子たちからはずいぶん感謝された。こんなふうに顔をいじってもらうとまるで本物の女優になったみたいだと言って、あちこちから引っぱりだこだった。こっちが戸惑ってしまうくらいだった。

きっかけはたぶん、ガキっぽい嫉妬だったのだろうと思う。役がつかずに大道具を担当していた男子の一人が、俺を揶揄《やゆ》する言葉を口にした。

〈古幡お前、美容師になりたいんだって？　やっぱな、ああいう業界はオカマとかもけっこう多いって言うしな。お前、ちょっとそういう感じだもんな。女言葉でしゃべって

みろよ、似合うぜ〉

今思い返せばあまりにも下らなさすぎて、どうして笑って聞き流すことができなかったんだろうと不思議になるほどだ。でも、その時のそいつの一言は、俺のコンプレックスを見事に直撃したのだった。女子がたくさんいる前で言われたことや、彼女たちにくすくす笑われたのがなおさらこたえたのだと思う。

その時を境に、俺は散髪で小遣いを稼ぐのをぴたりとやめた。美容師になることも考えなくなった。人に言わなくなったのじゃなく、本当に考えなくなったのだ。

「ほんと、下らないんだけどさ」話しながらも苦笑がもれ、俺は自分のグラスにワインを注ぎ足した。「とにかく、それっきり熱がさめちゃったんだよな。今でもカットの基本くらいは手が覚えてると思うけど——実際、もう一度やってみたいと思ったこともないわけじゃないけど、何ていうか、わざわざ社会学部入っといて美容師ってのも何ていうか、えらく無駄な感じがするしさ」

「どうして？」と、夏姫さんは言った。「世の中、無駄な経験なんてただの一つもないわよ」

「そうは言うけど」

「少しでもやりたいことがあるならやってみればいいじゃないの。やりたいことがまったく見つからない人はたくさんいるんだから、それに比べたらあなた、ずっと恵まれてるわよ」

「だめだよ、俺なんて。どうせ続かないよ」

「なんでそんなことがわかるの？」

「わかるって。ああいう世界には徒弟制度っぽいとこもあるみたいだし、俺なんか職場の上下関係とか苦手だし。モノになる前に挫折《ざせつ》するにきまってるって」

「自分のことなのに、ずいぶん醒めた言い方するのね」

「俺は昔からこうだよ。自分のことは自分が一番よくわかってるし」

「そう？」夏姫さんは、怒ったような目で俺をにらんだ。「そう思いこんでるだけで、じつはあなたが一番わかってないんじゃないの？　なんでも斜に構えて、醒めたふうを装って、年寄りでもないのに傍観者の立場ばかりとって。それで大人ぶってるつもりなら大きな間違いよ。そういうのって逆に、すごく子どもっぽくてカッコ悪いと思うわ。始めようとする前から、どうせ結果はわかってるなんて、そんなの達観でも何でもない、ただ逃げ上手なだけじゃない」

俺は大きく息を吸いこみ、ゆっくりと吐き出した。

「――あのさ」

「何よ」

「なんで俺、こんな一方的に怒られてるんだろうな」

「………」

「甘ったれるわけじゃないけどさ。俺、じつを言うと、ばあちゃん亡くしたばっかりなんだよ」

「………」

「せめて葬式の晩くらい、もうちょっと優しくしてもらってもバチは当たらないと思うんだけどな」

「………」

やがて、夏姫さんも息を吸いこむのがわかった。そのまましばらく胸にためていた息を、ふうーっと口から吐き出し、身じろぎして座り直す。

「ごめん」と、夏姫さんは言った。

それから彼女は俺のグラスにワインを注ぎ足そうとして、いっぱいなのを見ると、空になっていた自分のグラスに注いだ。もう一つのグラスにちょっとデカンタをかかげてみせ、注ぐことはせずにトレイに置く。

「ごめんなさい」と、彼女はもう一度言った。「単なる八つ当たりよ。私の中にずっとたまってた言葉を、つい全部ぶつけちゃっただけ。あなたにぶつけるべきじゃなかったのに」

俺にぶつけるべきじゃないなら誰にぶつけるべき言葉だったんだ、と聞くより早く、彼女はグラスを片手にゆらりと立ちあがった。

とくに酔ったようにも見えないのに、漂うような足取りで部屋を横切り、サイドボードの前に立って、例の二枚の絵を眺めながらワインに口をつける。それから、そばにあった観葉植物の葉っぱにさわり、サイドボードの上に並んだ洋書の背表紙に指を走らせてぱらぱらと音をたて、隣にあった海色の丸い花瓶に触れると、なぜかそれだけはそっと撫でた。グラスをそばに置き、両手で花瓶を囲うようにして大事そうに撫でた。

壁の時計が、二時を過ぎようとしている。

そろそろ寝ようか、と声をかけようとした時だ。夏姫さんはつとふり返り、嘆息混じりの声をあげた。「ああ、きれい。見てほら」

俺は立ちあがり、彼女の後を追うようにしてさっきの窓際に近づいた。さっきよりだいぶ雲が増え、西のほうに傾いた満月の姿はその雲にほとんど隠れて、あたりはそのぶん暗くなり、青いスポットライトのような光の束だけがくっきりとあざやかに浮かびあがっている。

「ねえ、知ってる?」

「うん?」

「ああいうふうに雲間から射す光のこと、何ていうか」

俺が首を横にふると、夏姫さんは言った。

「『天使の梯子《はしご》』っていうんですって」

「てんしの、はしご……？」

「そう。特にヨーロッパのほうではね。聖書の逸話がもとになった呼び名みたい。ふつうは太陽の光をそう呼ぶらしいけど、月の光のほうがかえって神々しい感じがすると思わない？」

「だけど、天使って羽はえてるだろ？　天から降りてくるのに、わざわざ梯子なんか必要ないんじゃないかと思うけどな」

「どこまでも現実的な子ねえ」と夏姫さんは苦笑した。「それはそうだろうけど——時には、羽のない誰かだって降りてきたいかもしれないじゃない」

「………」

「ねえ、そういえば昔、授業で詩を勉強したことがあったでしょう」

「へえ。覚えてたんだ」

「もちろん。あなたが暗誦《あんしょう》した詩が何だったかも覚えてるわよ」

どうして〈もちろん〉なんだろう。クラスには四十人近くいたのに、まさか、それぞれが何を暗誦したのかすべて覚えているとでも言うんだろうか。

するとと夏姫さんは、憐れむような笑みを浮かべて俺を見た。「あのね。そんなわけないでしょう？」

「じゃあ、なんで俺のは」

「あれが──あなたの告白だと思ったから」

「…………」

「それとも、私の勝手な自惚《うぬぼ》れだった？」

問いかけるように、夏姫さんが俺を見る。

俺は、思わず苦笑した。「……んなわけないだろ」

「どういう意味？　告白なわけはない、ってこと？」

「そうじゃなくて。……ったく、わかってるくせに言わせんなよ」

あの時俺が暗誦したのは、教科書に載っていた詩だった。けっこう貧乏くさい内容だった覚えがある。今では作者が誰かも忘れたが、たしか学校を離れていく教師が音楽を教えている生徒に書き送った手紙、だったような……とにかく間違っても恋の詩なんかじゃなかったけれど、授業中に俺がつっかえつっかえ朗読した時、〈斎藤先生〉が自分の大好きな詩だと言ったから、だからこそ俺はわざわざその長い詩を選んで必死に覚え、みんなの前で一度も間違えずに暗誦してみせたのだ。クラスの中には俺の意図に気づくやつもいて、くすくすと意味ありげに笑われたりもしたが、不思議とその時は気にならなかった。確かにあれは、俺の一世一代の告白だったのだと思う。

「今でも、そらで言える？」

「いや、残念だけどほとんど忘れたな。ところどころなら覚えてるかもしれないけど」

夏姫さんはふっと真顔になって言った。『なぜならおれは　すこしぐらいの仕事ができて』」

「え？」

『そいつに腰をかけてるような　そんな多数をいちばんいやにおもうのだ』」

ようやく、それが詩の途中の一節であることを思いだした。

「へえ、さすが」

「私にとってはいまだに大切な詩だから」と、夏姫さんは笑った。「女はね、好きだと言ってくれた男の言葉は絶対忘れないの」

どういう顔をすればいいものか困っていると、彼女は懐かしそうに目を細めてそっと続けた。

「『もしもおまえが　よくきいてくれ　ひとりのやさしい娘をおもうようになるそのとき　おまえに無数の影と光の像があらわれる　おまえはそれを音にするのだ　みんなが町で暮したり　一日あそんでいるときに　おまえはひとりであの石原の草を刈る　そのさびしさでおまえは音をつくるのだ……』」

俺は、目を閉じて夏姫さんの声にじっと耳を傾けた。まるで、美しい歌を聴いているみたいだった。そうして彼女の声を全身で感じていると、あの頃のすべてがあふれてきて胸が詰まった。

時が戻っていくようだった。戻せるならどんなにいいかと思った。高校時代にとまでは言わない。せめて、五日前のあの晩に時間を戻せるならば――。

「『多くの侮辱や窮乏の　それらを噛んで歌うのだ　もしも楽器がなかったら』……」

夏姫さんが俺を見た。「ねえ、最後くらいは覚えてる?」

「『もしも楽器がなかったら』」と、俺はつぶやいた。「『いいかおまえはおれの弟子なのだ　ちからのかぎり　そらいっぱいの　光でできたパイプオルガンを弾くがいい』」

呪文のようにそう唱え終わった俺に向かって、夏姫さんは微笑み、ほっそりとした指の先で黙って窓の外を指さした。

目をやったとたん、頭の中がじんと痺れた。どうして夏姫さんが詩のことなんか言いだしたのか、ようやくわかった。

俺は、透きとおったいくつもの梯子に見入った。たった今俺が唱えた言葉のとおり、空いっぱいに、蒼い光のパイプオルガンがひろがっていた。音のない天上の音楽が鳴り響くのが聴こえてくるようだった。

〈――時には、羽のない誰かだって降りてきたいかもしれないじゃない〉

震えるような思いでいたのに、頭の中で具体的にその光景を思い描いたとたんに、くすりと苦笑がもれた。

「どうしたの？」

「いや、いくら何でもさ」

「……ん？」

「いくら何でも、あの梯子は、ばあちゃんにはちょっと急すぎるんじゃないかと思ってさ」

一緒に笑ってもらえると思った。そうでなくても、どうせまた「現実的な子ね」とあきれられるだろうと思った。初めからそれをあてにして言った言葉だったのだ。

でも、夏姫さんは笑わなかった。少なくともそういう意味では笑わなかった。ただ黙ったまま、あの泣きそうな微笑で俺を見つめ、俺の体に腕をまわしてきた。そうして、その腕に少しだけ力をこめて背中を優しく撫でてくれた。まるで、よしよし、大丈夫だからね、となだめるみたいに。

まずい。しばらく収まっていたはずの鼻の奥の痺れが、またぶり返しそうになる。

息をとめ、体を硬くしてぐっとこらえようとするのに、背中を撫でられているせいで力が入らない。いっそのこと腕を振りほどいて離れようかと思った時、彼女が何かつぶやいた。

「え、何？」

「もう少ししたら――」彼女は、俺の心臓に耳を押しあてるようにしながら言った。

「きっと、お花見に行こうね」

「…………」

「おばあちゃまのぶんも、お弁当作って持っていって、一緒に桜の下で食べようね」

「…………」

「うんとおいしいの作ったげるから。おばあちゃまにはかなわないだろうけど、何とか頑張ってみるから」

「…………」

「ねえ」

「……なに」

「いつもは、どんなお弁当だったの？」

俺は、どうにか声を押し出した。「——おいなりさんとかさ」

「うん」

「これが、ただのおいなりさんじゃないんだ。中に普通の酢飯じゃなくて五目寿司が入ってて、油揚げは裏返しになってて、けっこう甘めで」

「うん」

「あと、ミツバの入っただしまき卵とか、手作りシュウマイとか、ほうれん草とこんにゃくの白和《しらあ》えとか、筑前煮とか……ババくさいおかずばっか」

懸命に目を見ひらこうとしているのに、だんだん何も見えなくなってくる。揺れる膜がかかってぼやけた視界を、ばあちゃん自慢の弁当の彩りがぐるぐるまわる。

「――それから？」

「それから……一晩ニンニク醬油《じょうゆ》に漬け込んだ鶏肉の唐揚げとかさ。これだけは入れ歯の年寄りには硬かったろうけど、俺の好物だったから毎年入ってた」

「うん、それも作ろうね。それから？」

「それから……」

そのあたりが限界だった。

気がつくと、俺は突っ立ったまま、吼《ほ》えるようにして泣いていた。体はぶるぶる震え、凍えているかのように歯の根が合わなかった。

(――ごめん。ばあちゃん、ごめんな)

息がうまく吸えなかった。無理に吸いこもうとすると咳《せ》きこんだ。

(あんなこと、言うつもりじゃなかったんだ。本気で言ったんじゃなかったんだ)

吼え声のあいまに、女みたいに情けないすすり泣きが口から漏れる。これが自分の声かと思った。何とかこらえようとして、体に力を入れるたびに、夏姫さんの手が背中を撫でてそうさせてくれない。

俺はとうとう、抗《あらが》うことをあきらめた。自分よりずっと小さい夏姫さんに抱きつき、ほとんど取りすがるようにして、その髪に顔をうずめて泣いた。

そうしながら、頭の片隅ではひたすら困惑していた。

いったいどうやってこれを終わらせればいいんだろうと思った。母親に捨てられたあの時からもう十数年来、こんなふうに泣くことがなかったせいで、どうしても泣きやみ方がわからないのだった。

9

東京の桜——と一口に言っても、それぞれの開花の時期にはずいぶんと差があるものだ。

種類によっても違うのだろうし、植わっている環境にもよるのだろう。毎年のことだが、千鳥《ちどり》ヶ淵《ふち》の桜が五分咲きくらいになってからようやく、三宝寺池のばあちゃんお気に入りの桜は一輪、二輪と羞《は》じらうようにほころび始めるのだった。

ほんのりと色づいたつぼみがひそやかにふくらむその下を、俺たちは黙ってゆっくり歩いた。

葬式の翌日、土曜の午後遅い時間だった。いきなり二泊はあんまり図々しいだろうと思った俺が、「そろそろ帰るよ」と切り出すと、夏姫さんが家まで送ってあげると言ってついてきてくれたのだ。

並んで池のほとりを散歩することはこれまでにも数えきれないくらいあったが、桜の広場を抜け、野鳥誘致林までも抜けてこちら側まで彼女が来てくれたのは初めてだった。たったそれだけのことで、俺は胸が熱くなった。

昨日の今日だから当たり前なのだが、タカノの家の中にはやっぱりあの匂いが漂っていた。台所の真ん中に立って浅い息を吐いている俺の手を、夏姫さんのひんやりとした手がそっと握った。

「よかったら案内してくれる？」と、彼女は言った。「ずっと、あなたの育ったところが見てみたかったの」

俺は彼女の手を引いて、ひとつひとつ部屋を見せてやった。こうしてあらためて眺めると本当に狭い家だった。

台所と隣り合った卓袱台《ちゃぶだい》のある六畳間。二階の俺の部屋と物干し台。じいちゃんが死んでからもほぼそのままになっていた書斎、ばあちゃんの寝起きしていた仏間、そして──店。道路に面したシャッターが下りたままだから、店の中は薄暗かった。

俺が案内したすべての場所で、夏姫さんは、一度ずつ同じことをした。俺に自分のほうを向かせ、頬を両手ではさんで、伸びあがるようにしてキスをしたのだ。

性的な匂いのまったくしないキスだった。頬にあてられた彼女の手は、片方は冷たいままだったが、もう片方はとても温かかった。ずっと俺と手をつないでいたせいだった。

「これが、この部屋でのいちばん新しい思い出」と、彼女はささやいた。「苦しい記憶は、しばらくしまっておきなさい。一人で部屋にいる時も、悲しくなったらこのキスのことを考えるの。いいわね？」

俺は、また泣きだしてしまいそうになるのを我慢しながら、じっとされるがままになっていた。

その夜、夏姫さんと俺は、二階の部屋の狭いベッドで抱き合って眠った。

そう、夏姫さんも眠ったのだ。ゆうべがどうだったかは俺のほうが先に眠ってしまったから覚えていないが、とにかく、つき合いだしてから半年目にして、俺はようやく彼女の寝顔を見ることを許されたのだった。

ほんのわずかに欠けた月の明かりを頼りに、俺はいつまでも飽きずに夏姫さんの寝顔を眺めていた。つるりとした赤ん坊みたいな肌だった。時おり、まぶたがぴくっと震えた。夢の中で誰と会っているのか、頭の中を覗いてみたくてじりじりした。彼女の携帯を覗いた後だってあんなに後悔したくせに、のどもと過ぎてしまえばこんなものだ。

それでも——たとえどんな夢を見ているにしろ——隣に人がいると眠れないと言っていた夏姫さんが、こうして俺の腕の中で眠っていることが嬉しかった。彼女が自分の部屋に泊めてくれたことや、うちに泊まりに来てくれたこと以上に、何よりも彼女の寝顔がいちばん俺を慰めてくれていた。初めて、彼女から特別な男として認めてもらえたような気がした。

明け方近くまで、何度かうとうとしながらも彼女を眺めてばかりいたせいで、目を覚ました時にはもう十時半だった。

夏姫さんの姿はなかった。

そういえば、かすかにドアが閉まる音を聞いたような……。まさか黙って帰ってしまったんじゃないだろうな、と慌《あわ》てて階段をおりた俺は、台所を見てほっとなった。夏姫さんのバッグと上着は、まだそのまま置いてあった。流しにはまな板が出してある。いったい何を作ろうとしたのか、春キャベツが丸ごと一個、ゴロンとのっていた。

と、裏庭から話し声が聞こえた。

流しの前の窓ガラス越しに見ると、小さな庭の真ん中、ばあちゃんが丹精していた盆栽の棚の前で、夏姫さんが携帯を耳にあてて誰かと話していた。前に俺がやった白シャツを着ている背中が、あたりをはばかるように丸まっている。窓が閉まっているせいで話がよく聞こえないが、かといって、開ければ物音で気づかれてしまう。この窓はたてつけが悪いのだ。

俺は、足音を忍ばせて再び二階へ駆けあがった。部屋のサッシをそろりと開け、物干し台に首をつき出すと、ほとんど真下に夏姫さんのつむじが見えた。

「……ってるわよ、それはもう。だけど、一度くらい本気で私の言うこと聞いてくれたっていいじゃない。……だから、それもわかってるんだってば。……え？　何言ってんの、それだけの実力があるんだから当然でしょ？」

夏姫さんは、肩が揺れるほど深い溜め息をついた。

「ねえ、あゆたくん」と、厳しい声で彼女は言った。「この際はっきり言わせてもらうけど、もしかしたらこれが本当に最後のチャンスになるかもしれないのよ。どんな凄《すご》い賞を獲った実績があったって、それきり描かないでいたらただの人じゃない。それでなくてもあなたの場合は七年近くもブランクがあるんだから、向こうがもうひとつ信じきれなくて二の足を踏むのも無理はないのよ。そりゃね、べつにこっちが頭下げて頼んでるわけじゃないけど、一応は向こうを安心させてあげたって……。は？　もう、今さらそういうこと言わないでよ」

いらいらと髪をかき上げる。

「ねえ、お願い。いいかげん、そうやって逃げてばかりいるのはやめて。……そうよ、わかってるわよ、それも私の勝手よ。今までのだって全部私が勝手にしたことよ。こんなのただのわがままで、歩太くんの望んでることとは違うのかもしれないけど、でもね、お願いだから今度だけは私の言うこと聞いてよ。歩太くんの才能がこんなところでつぶれちゃうの、私……ううん、私だけじゃない、あのひとだって望んでるわけがないよ。私が今言ってることは、あのひとが生きてたら絶対言ってたはずのことだよ？　そうでしょ？　そんなことくらい、ほんとは歩太くんのほうがよくわかってるくせに」

最後のほうは声が震えていた。

夏姫さんはあいているほうの手で目のあたりをぬぐった。そのまま、うん……うん……と相手の言葉にうなずいている。

「……わかった。……うん、それは約束する。……ありがと」

洟《はな》をすする夏姫さんを、俺はぼんやりと見おろしていた。ゆうべ俺を抱きしめて慰めてくれた時だって、彼女はもらい泣きみたいに涙ぐみこそすれ、あんなふうに泣いたりはしなかったのだ。

気を取りなおしたように髪を後ろへ振りやった彼女がその拍子にひょいと上を見あげたような気がして、俺は反射的に身をかがめ、手すりの陰に隠れた。

「そういえば、社長は元気？　……そう。ふふ、私からもよろしく言っておいて。こんどまた飲み比べしましょうねって。それで今は、どこの看板描いてるの？　え、壁？……あ、わかるわかる、そのへんなら時々通るもの。東口のホテル街よりもちょっと手前のあたりでしょ？　……ばか言わないでよ、そんなんじゃないったら。そうじゃなくて、おいしいベトナム料理のお店があるの、その先にっ。……っとにもう」

くすくす笑いが聞こえてくる。

「それで、今度はどんな絵？……ふうん。また描きあがる前に教えてよね、見に行くから。ううん、完成よりちょっと前がいいな。仕上げの筆を入れてるところ見るのが好きなの」

そろりとした黒い感情が鎌首《かまくび》をもたげた。

〈好きなの〉

あいつ自身に向かって言ったのでないことくらい百も承知なのに、

〈教えてよね、見に行くから〉

行かせたくなかった。夏姫さんをあいつに会わせたくなかった。

でも、止める術《すべ》はない。彼女を閉じこめることなどできやしない。俺は馬鹿だ。救いようのない馬鹿だ。携帯の覗き見も、今みたいな盗み聞きも、最初からやめておけばこんな思いをしなくて済んだのに。

——と、誰かの視線を感じてぎくりとなった。

身を硬くしてあたりをうかがう。

隣の家の瓦屋根の上に、黄色い猫がうずくまり、咎めるように俺を見つめていた。

頼むから、リハビリにつき合うと思ってもう少しいてくれ、と駄々をこねる俺にほだされる形で、夏姫さんはその夜もタカノの家に泊まり、月曜の朝は五時過ぎに起きてマンションまで着替えに戻った。

また一週間が始まろうとしていた。夏姫さんの言うとおり、春休みなんてものは学生だけの特権なのだった。

古い自転車に空気を入れ、俺は夏姫さんを乗せて送っていった。彼女とする新しいことを何もかもいとおしいと思う一方で、道々、後ろの荷台から小さなあくびが聞こえてくるたびに、俺はひどく後ろめたい気持ちになった。ゆうべ彼女を引き留めたのは、ばあちゃんの死から立ち直るリハビリのためというより、むしろ単なる嫉妬と独占欲のためだったからだ。

夏姫さんが自分の部屋で身支度を整える間に、俺は缶詰めのコーンスープを鍋にあけて牛乳でのばし、コーヒーを淹《い》れ、二人ぶんの目玉焼きとパンを焼いた。それくらいのことなら俺にだってできる。

もう一度夏姫さんを自転車に乗せて駅まで送り、家に戻ると熱いシャワーを頭から浴びた。隅っこの棚にはばあちゃん愛用の〈うぐいすの粉《ふん》〉が置いてあり、見ているうちにまた何かがこみあげてきそうになったから、俺は急いで夏姫さんとのキスを思いだそうとした。彼女はゆうべ、ここでも俺にキスをしてくれていた。

風呂から出ると、家じゅうの窓という窓はもちろん、店のシャッターとドアまでも開け放って風を通した。動いている間だけはよけいなことを考えずにすむ。洗濯機を回し、まだ出しっぱなしだったコタツを片づけ、コタツ布団と洗いあがった洗濯物を物干し台に干した。どうにかうまく干し終わり、部屋に入ろうとしてふと見ると、ベッドの枕元の灰皿に、細身の吸い殻が二本残っていた。夏姫さんのすることは、煙草の消し方に至るまで鮮やかだった。

半分ほどになったその一本をそっとつまみ、何となく唇にくわえたものの火はつけずに、俺は再び物干し台に出て、洗濯物のひるがえる下に腰をおろした。

泣きたくなるくらい、うららかな日だった。

どこかでツバメの声がする。日ざしに温められた床板が、はだしの足の裏に気持ちよかった。

物干し台に大の字になっていたら、あまりの温かさについ寝入ってしまい、目を開けると三時前だった。

布団と洗濯物を取り入れると、猛烈に腹が減っていた。かといって、「飯まだ?」と呼んでも二度と飯は出てこない。

しかたなく、余っていたキャベツを炒《いた》め、冷凍庫にあったウィンナーと、夏姫さんが昨日一緒に行ったスーパーで買ってくれたチクワやキノコを全部ぶちこんでウスターソースをぶっかけた。冷や飯におかずはそれだけだったが、うまかった。

人心地ついた後、やはりどうしても気になって、俺は池袋へ出かけた。正確に言うなら、〈東口のホテル街よりもちょっと手前〉を目指したわけだ。俺は馬鹿だ、とあんなに強く思った割に、後悔なんてものは長続きしないのだった。当たり前といえば当たり前のことかもしれない。そもそも、経験から学ぼうとしない者を馬鹿と呼ぶのだ。

でも、俺は見てみたかった。夏姫さんにとって唯一である男の絵を——彼女が泣いて訴えるほど才能を認めたあの男の絵を——それがたとえ店の看板であれ、壁の絵であれ、ひと目でいいから見てみたかった。幸い、あの男は俺のことを知らない。通りすがりを装えば、少しくらい立ち止まって眺めたところで怪しまれることはないだろう。

駅の東口を背にしてロータリーを渡り、五叉路《ごさろ》へ向かう道の近辺をうろうろと探した。夏姫さんの言葉の他には何の情報もないのだし、半分以上の確率で見つからないんじゃないか——そう思っていたのだが、これがあっけないほどすぐに見つかった。飲み屋が建ち並ぶ一角に敷かれたビニールシートや、アルミの大きな脚立《きゃたつ》とその下に並んだ幾つものペンキの缶で、遠くからでもそこが現場だとわかった。

〈壁〉というから何かの建物を囲う壁を想像していたのだけれど、実際には開店準備中のビストロの外壁のことだった。十字路に面した角地だから、俺から見えている正面以外に、たぶん向こう側の側面にも絵が描いてあるのだろう。

職人の姿がなかったので、思いきってもう少し近づいてみた。四時をまわったせいか、あたりには人通りが増え、店の前でふと立ち止まって眺める人が俺以外にもいるのがありがたかった。

どことなくプロヴァンス風の建物の土壁は黄味がかったクリーム色で、正面の壁には、ドアと窓を除くその全面に絵が描かれていた。水車小屋のある川や野原の風景、デフォルメされた牛やロバ……。さすがに素人に描ける絵じゃないとは思うものの、こういうのを巧い絵と言うんだろうか。俺には正直よくわからない。

と、いきなり横合いから現れた男とまともに目が合ってぎょっとなった。

あの男――まぎれもなくあの男――は、ちらりと俺を見ただけで足もとからペンキの缶を取りあげ、また店の向こう側に戻っていった。

心臓がばくばくしている。

少しおいてから、そっと立ち位置をずらして覗いてみると、やつはもう少し小ぶりの脚立にのぼって側面の壁に絵を描いていた。半袖の黒いTシャツに、ひざの破れたジーンズ。前に見た時と同じく頭にはタオルを巻き、無精髭《ぶしょうひげ》をはやし、手にしたハケを器用に使って黙々と草原に陰影を描きこんでいる。糸杉のような木はねじ曲がり、空は目が覚めるような青で、雲は渦巻き、その上を翼をはやした人が飛んでいた。

「オモシロイ絵でしょ？」

飛びあがってふり向くと、小柄な中年男が至近距離からにこにこと俺を見つめていた。目玉のぎょろりとした、肌の浅黒い外国人だった。

「アナタも絵が好きですか？」

「あ、いや……そういうわけじゃ」

すいません、と言い残して後ずさり、もと来たほうへ立ち去ろうと一歩踏みだしたとたん、ゴッ、としたたかに額をぶつけた。あのばかでかいアルミの脚立だった。よろけた拍子になおさら体で押す形になり、悪夢のようにゆっくりと倒れていくそれをつかもうとしたのに間に合わず、俺は足もとの何かに蹴《け》つまずきながらも飛びつくようにしてその下にもぐりこんで支えた。いや、支えきれなかった。泳ぐように何歩かたたらを踏み、踏みとどまれずに仰向けに転んだ。とっさに横へ転がり、顔をかばった。誰かの悲鳴と、大きな金属音がした。

ものの数秒の出来事だったのだと思う。

「大丈夫ですか？　怪我はないですか！」

目を開けると、さっきの外国人が俺を覗きこんでいた。

おそるおそる、上半身を触って確かめる。痛みがあるのは、最初にぶつけた額と、地面に打ちつけた肩だけだった。脚立はぎりぎりのところで俺の脇をかすめ、アスファルトの上に倒れたのだ。

「大丈夫です」

かろうじて答えを返した。

幸い、巻きこまれた人はいないようだった。見ると、シートの上と俺のジーンズの膝《ひざ》下《した》に緑のペンキのしぶきが散っていた。さっき蹴つまずいたのは、残り少ないペンキの缶だったらしい。

「いやもう、すみませんデス、ほんとにすみませんデス、いつもなら倒れないようにちゃんと縛ってあるんだケレドモ」起きあがろうとする俺に手を貸しながら、彼は薄い頭をぺこぺこ下げた。「片づけようとしてる途中で、ボクがソバ離れたから。ほんとに大丈夫ですか」

「ほんとに大丈夫です、全然」早口に答えた。「こっちこそ、すいません」

頼むから大騒ぎしてほしくなかった。道ゆく人にじろじろ見られていると思うと、恥ずかしくて顔が上げられない。

壊れたものがないなら、さっさと行こう。

膝を引き寄せ、立ちあがろうとして呻いた。左の足首に激痛が走ったのだ。もう一度、力を入れる。同じだった。どうやら倒れたときにひどく捻《ひね》ったらしい。めちゃくちゃ痛い。

と、ふいに日が陰った。

――違う。目の前にあいつが立ったのだった。

すうっと血の気が引いていった。まじかよ、と思わず呟《つぶや》きがもれる。俺はただ、絵を見たかっただけなのに……離れた場所から気づかれないように眺めるだけのはずだったのに、どこでどう間違えればこんなことになるんだ。

そばにかがみこむと、やつは低い声で言った。「きみ、大丈夫？」

「いや、ほんとに大丈夫ですって」

声がうわずっているのが自分でもわかった。再び無理に立とうとする俺を、ペンキで汚れた手が押しとどめる。

そしてやつは、隣に目をやった。「社長、ここ片づけといてもらえますか。俺、すぐ車まわしてきますから」

10

目を覚ましたところに戻って、もう一度やり直したい一日。

──そんな日は、生きていれば誰にだってそれなりの頻度で巡ってくる。べつに俺だけが特別かわいそうなわけでもなければ、運に見放されているわけでもない。

（だけどそれにしたって、ここまで立て続けに巡ってこなくたっていいじゃないか）

すべては自業自得と知りながら、俺は胸のうちでそうボヤかずにいられなかった。

「あら」着物に割烹《かっぽう》着姿の女将《おかみ》が手を止めて言った。「もしかして、ワラビお嫌いだったかしら？」

「あ、いや、そんなことないっス。頂きます」

俺は慌てて箸《はし》を手に取った。

「じゃあ、よかったらボクのもどうぞ」と、隣からギョロ目の社長が自分の小鉢をよこす。

「あららムニールさん、ワラビだめでした？」

「ちょっとね、山菜が苦手で。せっかく作って頂いたのにすみませんですネ」

流暢《りゅうちょう》だが、言葉の端々が巻き舌の早口になる。

「いいえぇ、こちらこそ。なら、オクラなんかは大丈夫？」

「大丈夫ですヨ」

「スモークサーモンも？」

「ええもう、ゼンゼン大丈……ちがった、ゼンゼン問題ないですネ」

「ムニールさんの日本語、今どきの人よりよっぽどちゃんとしてるわ」女将は感心したように言い、奥の厨房《ちゅうぼう》へ声をかけた。「歩太、あれ作ってさしあげたら？　オクラとサーモンの」

あいよ、と低い声が答えた。

大泉学園駅にほど近い、路地の奥まった場所にある店だった。カウンター前に十席と、あとは壁にそって細長い座敷があるだけの小さな飲み屋だが、そのわりに、さっきから出てくる料理の一つひとつはけっこうバラエティに富んでいる。ほとんどはあの男（一《いっ》本槍《ぽんやり》という変わった苗字だった）があっという間に作ってみせたものだ。

なるほどな、と思った。〈料理なら俺のほうがはるかに上手〉ってのはこういうことか。

着物の女将は一本槍の母親で、ここに店を構えてかれこれ二十年以上にもなるという。笑うと片側の頰にだけえくぼの刻まれる、〈おふくろさん〉を絵に描いたような人だった。

両手に小鉢を持って奥からひょいと出てきたあいつが、まず俺の前に一つを置いた。ひじきと油揚げの煮つけを梅肉で和えたものだった。

「どう、足は」と、やつは言った。「じっとしてても痛む？」

「や、もうほとんど」俺は咳払《せきばら》いして、喉にからむ声を押しだした。「ってか、こうしてるぶんには全然」

「そう。でも、どうする、一応酒はやめとく？」

「いえ、大丈夫です。頂きます」

何なのだろう。やつ自身が威圧的なわけではないのに、声の低さのせいだろうか、それとも目の強さのせいだろうか、何か言われるたびに思わず一歩後ろへ下がりたいような気分にさせられる。あるいは単に、俺の後ろめたさがそうさせているだけかもしれない。

「いやあ、しかしよかったよかった」社長が、あらためて大きな息をついた。「ほんとにもう、一時はどうなることかと思ったケレドモ」

「すいません」

「いやいや、謝るのはこっちのほうネ。痛くて不便な思いさせてゴメンナサイ」

夕方以降、この薄い頭のてっぺんを何度目にしたことだろう。

「こちらこそ、ご迷惑かけて申し訳ありませんでした」

と、俺も頭をさげた。この人たちに本当のことなど何一つ話しちゃいない俺だが、それだけは本心から出た言葉だった。

足はといえば、何のことはない、ただの捻挫《ねんざ》だった。というか俺自身は初めからさんざんそう言っていたのに、おろおろと慌てるばかりの社長は人の話など聞いてくれなくて、半ば無理やり俺を車に乗せて病院に連れていき、医者から「骨には異常ありません」と聞かされるまでの間ろくに座りもしなかったのだ。俺は保険証を持っていなかったが、かかった費用はすべて社長が払ってくれた。

迷惑をかけたには違いないけれど、まだこの程度で済んでほっとした。本当に、心の底からほっとした。湿布の上からサポート機能のある包帯を巻いてもらったおかげで、ゆっくりなら自力で歩けるし、たぶん三、四日もたてばほとんど傍目《はため》にはわからないくらいに回復するだろう。それまでの間、夏姫さんとは何か理由をつけて会わずにいるしかない。足を引きずる俺を見た上で、ふとした拍子に〈歩太くん〉の口から間抜けな怪我人のことを聞かされでもしたら、彼女でなくたって二つを結びつけて考えるにきまっているからだ。一本槍のことが気になって気になって、とうとうたまらずに偵察に行ったとたんドジっただなんて——そんなみっともない話、夏姫さんにだけは死んでも知られたくなかった。

薬局で鎮痛消炎剤と湿布を受け取った後、社長は、どうか晩飯をおごらせてくれ、その後はちゃんと家まで送っていくからと言いだした。

もちろん俺は辞退した。これ以上長く一緒にいてはどこでどうボロが出ないとも限らないし、だいいち送っていくと言われたって、住所も名前もはなから嘘っぱちなのだ。病院で最初に問診票を渡されたとき、俺はとっさにヤマダの名前と、保谷《ほうや》のはずれにある親父のマンションの住所を適当に書きこんだのだった。

これ以上はかえってこちらも負担なので、と懸命に断ろうとしたのだが、そこへ口をはさんだのが一本槍だった。

〈まあ、どうしても気の進まないものを無理にとは言えないけど、どっちにしろきみも晩飯は食うだろう？ よかったら、付き合ってやってよ。べつにたいした店へ行くわけじゃない、俺の母親がやってる飲み屋だから〉

それを聞かされたとたん、現金なもので、ふっと興味がわいた。緊張とか警戒心よりも、やつの身辺をこっそり覗いてみたいという好奇心のほうが勝ったのだ。やつに備わっている、たぶん生まれつきといった感じの人あたりの良さも、俺を大胆な行動へと走らせるのに手を貸していたのだと思う。

そうして連れてこられたのがこの店だった。先に来ていた二人連れの客は、ついさっき女将に手をふって帰っていき、いま店にいるのは俺らだけだった。ガラスのはまった古い格子戸の外には飴色《あめいろ》ののれんがぶらぶらと揺れていて、俺らが入ってきた頃にはまだ、あたりのビルや商店の屋根の上に明るさの名残をわずかにとどめた空がひろがっていた。いつのまにか、ずいぶん日がのびたものだ。

「じつを言うとネ、去年の暮れごろにもちょっと事故があって……」ビールを俺に注ぎながら社長が言った。「相手は子どもだったんだケレドモ、かわいそうに、塗りたてのペンキを触った手で目をこすっちゃって。お母さんがすぐ気づいたから良かったケレドモ、あの時もハラハラしたなあ」

「でも、あれは向こうがいけなかったんでしょう？」と、女将が言った。「今日のことはともかく、あの時はちゃんと周りに立ち入り禁止のテープも張り巡らせて、ペンキ塗りたての札も出してたっていうじゃないの。目を離した母親のほうに責任があるのにずいぶん強気でねじ込まれて、なのにあの時も病院から何からぜーんぶ面倒見てあげて」

「だって、気の毒じゃない。法律とかそういう難しいことを言いだせば、うちに責任はないのかもしれないケレドモ、うちのペンキのせいでそうなったには違いないんだし」

「ムニールさんたらほんと、人がいいから」

「うーん……『人がいい』というのと、『いい人』というのは、ちょっと違いますネ？ボクは、『いい人』になりたいだけ」

「もう。それ以上いい人でどうしようっていうのよ」

やれやれと苦笑すると、女将はたもとに手をそえて彼の前に熱燗《あつかん》を一本置いた。

パキスタン人のムニール・アハマドさんは、二十四年前に公費留学生として日本にやってきた。国では大学まで出て、日本に来たのはシステム・エンジニアとしての技術を学ぶためだったそうだが、そのとき下宿していた『菊池塗装店』の一人娘と恋仲になり、一旦《いったん》帰国したもののまた戻ってきて、結局は、結婚を許してもらうかわりに店を継ぐことになった。でも、コンピューターを相手にしているより人間相手の仕事のほうが楽しいし、子どもには恵まれなかったけど七、八年前にはとうとう国に残っていた母親も呼び寄せることができたし、今ではみんな一緒に暮らせるようになったからとってもハッピー——というのが、病院からここまでの車の中で当人から聞かされた話だった。

なんでも、社長の人生を変えた恋女房というのが、この店の女将と中学時代からの親友同士なのだそうだ。一本槍が社長のもとで働くようになったのもそのへんのつながりからなのだろうと想像はついたが、助手席にいた社長が（たぶん俺に気をつかって）ひっきりなしに何かしゃべっている間、ハンドルを握る一本槍はといえば、時おり相槌《あいづち》を打ったり笑ったりはするものの、自分からはほとんど何も話さなかった。

「ちょっと歩太、もういいから座りなさいよ」と、女将が言った。「あとは私一人で充分だから。あんたがいつまでも立ってちゃ、こっちのお二人さんが落ち着かないじゃないの」

やつは肩をすくめ、最後にオクラとスモークサーモンの辛子醬油和えを俺らの前に置くと、中から出てきて俺の左側、カウンターの角をはさんだ席に座った。俺としては正直、座られたほうがなおさら落ち着かなかった。

熱そうに徳利の首をつまんだ社長が、俺にもすすめながら言った。「それにしてもキミ、ヤマダくんだっけ？　ずいぶん熱心に絵を見てたねえ。そのせいでつい、声をかけちゃったんだケレドモ」

「いや、その……あんまり巧い絵だったんで、つい」

「そうでしょう。スゴイでしょう、このヒトの絵は。なんたって、芸大出のエリートだもん」

勘弁してくださいよ、と俺の左から苦笑混じりの声がする。

「いや、ホントホント。まだ学生のうちに、海外の大きなコンクールで賞までもらったくらいなんだから。ええと、どこだっけあれ、イギリスだっけ？」

「――いや、まあ、イタリアですけど」

「ああそうそう、イタリア、イタリア。あはは、イ、とリは合ってたでショ。とにかく、このヒトがうちに来てくれてから、仕事の幅がうーんと広がったもん。前はうち、ふつうの塗装だけやってたの。それがたまたま、このヒトが現場で頼まれてお店の窓のまわりに描いてあげた絵が評判になってネ、だんだんそっち関係の注文が増えて、今じゃそっちのほうが多い月もあるくらい」

「あそこに掛かってる絵もそうなのよ」

女将が、まんざらでもなさそうに指さした。

見ると、店のいちばん奥の壁に、けっこう大きめの額が飾ってあった。群青の闇を背景にした枝垂れ桜の絵だった。右上から左下にかけて、淡い色の花びらが流れるように散っている。たぶん油絵なのだろうが、日本画のような端正で落ち着いた色合いだ。

「いつも同じ絵じゃつまらないから、季節ごとに掛け替えてるの。息子が絵描きだというろいろ描いてもらえて便利よね」

それこそペンキでも塗り替えさせるかのような気安さだった。

「今日見た壁の絵とは、だいぶ感じが違いますね」

とりあえず当たり障りのなさそうなことを言ってみると、

「ああ、あれは施主《せしゅ》側の好みだから」と、めずらしく本人が答えた。「ゴッホとシャガールとルオーをミックスしたような感じがいいって言われてさ」

「それはまた欲張りな、っていうか、むちゃくちゃな注文だわね」と女将が笑う。

「でもねえ、このヒトは天才だよ。どんな注文でもささっと描いてみせちゃう。何ていうのかな、こう、お客さんが何を望んでるかをつかむのがうまいんだ。やっぱりそのへんがセンスってものなんだろうねえ」

「単に小器用なだけですよ」

「いや、器用なだけじゃあ、ああは描けないでしょ」と社長は言い張った。「西海岸風のポップなのがいいって言われればそのとおり描いてみせるし、だまし絵で石壁を描いてくれって言われれば触ってみるまでわからないくらい本物そっくりに仕上げちゃうし
……ええと、前にやったカフェの天井は何だっけ？」

「ああ、『天地創造』風ですか」

「そうそう。そんなとんでもない注文でも、このヒトの腕にかかると本物のヴァチカンの天井画みたいに凄いのが出来あがっちゃう。とてもとても、一人で描いてるとは思えないネ。ときどき、何人雇ってるんだかわからなくなるくらい」

「社長、それあんまり褒《ほ》め言葉になってませんよ」

「どうして？」

「いくら模倣がうまいと言われても」

「モホー？　って何だっけ」

「要するに、人まねのことよ、ムニールさん」と女将が言った。「まったく、めったに自分の絵を描こうともしない人が何を偉そうに文句言ってるんだか」

一本槍は苦笑いして、ごもっとも、とつぶやいた。

ヤマダくんはふだん何かバイトしているの？　とか、ご家族は？　とかいった質問に注意深く答える間にも、季節の素材を使ったいくつかの料理が運ばれてきては、かわりに空の皿がさげられていった。そのうちに入口の引き戸が開き、白髪混じりの客が一人で入ってきて、向こうの端に陣取った。

「いやあ、日に日にあったかくなるねえ」渡されたおしぼりで手を拭《ふ》きながら、お、とカウンターに覆いかぶさるようにしてこっちを覗きこむ。「へーえ、今日はめずらしい人がいるじゃない」

一本槍が、ども、と会釈する。

「いるのはそんなにめずらしくないわよ」と女将が言った。「木村さんがなかなか来ないから会えないだけじゃないの」

「あちゃあ。まあそれはそうなんだけどさ、あんまり意地悪言わないでよ、しばらくほんとに忙しかったんだから」

「まあま、このご時勢に忙しいだなんて、うらやましいこと」笑って言いながら、女将は熱いおしぼりを広げて手渡した。「さて、まずは何にしましょ」

「とりあえずビール、かな。で僕ね、今日はすっごく腹が減ってるの。悪いけど何か食わしてくれると嬉しいなあ」

「はいはい、お安い御用よ」

「そうだ、せっかく歩太がいるんなら、またあの特製チャーハン作ってもらえないかなあ。高菜の入ってるやつ」

「あら。私が作ってさしあげるのじゃお気に召さない？」

「そうじゃないけど、ほら、女将は僕のそばにいてくれなきゃあ」

一本槍が、くすりと笑って立ちあがった。「たしか木村さん、けっこう辛くても大丈夫なんでしたよね」

「そうそう。いやあ悪いね、催促したみたいで。……って、したのか」

カウンターをくぐった一本槍が、のれんをひょいと撥《は》ねあげて厨房へ消えるのを、俺は上目づかいに見送った。憎らしいほど広い背中だった。

女将は、客の話に相槌を打ちながら手元で小鉢を用意している。厨房からは冷蔵庫を開け閉めする音や、鍋のぶつかる音が聞こえてくる。

「あの……」

小声で言いかけると、社長は箸をのばす手をとめて俺を見た。

「うん？」

「一本槍さんって、ほんとは何をする人なんですか？」

「どういうコト？」

「いや、つまり――塗装の仕事が専門なのかと思ったら、自分で絵も描いてるっていうし、かと思えば料理人までやるみたいだし……いったいどれが本職っていうか本業なのかなと思って」

「ああ、なるほどね」社長はうなずきながら、再び、へたくそな握り箸で煮魚をつつき始めた。「どうなんだろうねえ。一応、生活費なんかはボクのところの仕事で稼いでるわけだから、職業はって訊かれれば塗装職人とか看板職人ってことになるんだろうケレドモ、気持ちの上でどれを一番大事に思ってるかはまた別の話ネ。彼だって、これを一生の仕事と思ってくれてるわけじゃないだろうし」

「要するにフリーターみたいなものってことですか？」

「うーん、どうだろう」

「芸術家肌で、縛られるのがいやだとか」

「うーん。そういうのともまたちょっと違うんじゃないかなあ……」

どうにも歯切れが悪い。あまり触れられたくない話題なんだろうか。今のうちにもっといろいろ訊いておきたいけれど、しつこすぎても変に思われるかもしれない。迷いながら黙っていると、

「ハハヒトリコヒトリデネ」

「は？」

あまりの早口に一瞬パキスタンの言葉かと思ったのだが、すぐ後でわかった。

「ああ、はい。ええと……一本槍さんのとこが、ってことですよね？」

「そう。彼はネ、小さい頃、このお店で宿題しながら育ったんだって。オトウサンがずっと長く病気で入院していたから、オカアサン一人で育てなくちゃならなかったの」

「長くって、どれくらい？」

「いやもう、ずーっとヨ。何年も何年も」

「どういう病気だったんですか」

「――さあ、そこまではネ。何かこう、難しい病気だったみたいだケレドモ。結局、オトウサンは亡くなってしまって。彼が十九の時だったというから、今からちょうど十年前ネ。それで、オカアサンは……」ふっと声を落として、社長は続けた。「女将さんは、オトウサンが亡くなった翌年だったかな、今のダンナサンと再婚したの。だから歩太くん、それからはずっと、自分の生まれて育った家に一人で住んでる」

「あの、それって再婚相手の人との折り合いがとか、そういう？」

「いやいや、そうじゃないヨ」と社長は笑った。「歩太くんはそのへんすごく大人だから、最初からオカアサンに悲しい思いをさせないようにちゃんと付き合ってたって。女将さんがそう言うんだからきっとほんとのことネ。今だってすごく仲良しだし、お互いしょっちゅう行き来してるし。だけどさすがにさ、一人前の男が、再婚した親と一緒には住めないでしょう」

それはまあ、そうだ。まったくそのとおりなのだが――。

くそ、と思った。夏姫さんがこれまで自分のマンションにやつを泊めなかったのは、単に泊める必要がなかっただけの話かもしれない。やつが一人暮らしである以上、夏姫さんはいつでも自分のほうから彼の家へ行けたわけだから。

なるほどこの俺は、夏姫さんのマンションに泊まった初めての男には違いないんだろう。そういう意味では、これまで彼女が付き合った男の中でもけっこういい位置につけているんだろう。でも、一本槍は別格だった。やつにだけは、俺を含む他の男たちと同じ基準を当てはめても無意味だという気がした。前の彼氏にしたって、言ってみれば、一本槍と天秤《てんびん》にかけられた末にあっけなく捨てられたのだ。彼女が心の中にやつを住まわせておくことを許さなかったばかりに——もっと言えば、やつと二人で彼女を分け合うことを拒んだばかりに、あっさり切り捨てられたのだ。

お前はどうなんだ、と問う声が頭の中でがんがん響く。お前だったら許せるのか？自分の女が、ほかの男を心に（だけかどうかは知らないが）住まわせていても平気なのか？　それでも丸ごと引き受けられるのか？

「こんなこと、ボクが言うのは変かもしれないんだケレドモね」

俺の沈黙にはおかまいなしに、社長は続けた。

「ほんとは彼、うちなんかで働かせとくのはもったいないような男なんだよ。あんなに才能があるのに、どうしてもっと真剣に描こうとしないんだかわからない。本人は絵だけじゃ食べていけないって笑うケレドモ、ちゃんと賞を獲ったたって実績もあるわけだし、彼がほんとうに本気になったら案外やっていけるんじゃないかと思うんだけどねえ」

「そんなにすごい賞だったんスか」

「まあ、ボクもそういう世界のコトは詳しくないケレドモ、どうやらそうみたいヨ。当時はけっこう話題になって、いろんな画廊から話があったって。でも彼、全部断ってしまった」

「なんでまた」

「うーん、これもまあ本人じゃなくて女将から聞いた話なんだケレドモね、賞をもらった絵は女性を描いた人物画だったんだって。画廊側は商売上、どうしてもそれと同じような路線の絵を欲しがるわけで、でも彼のほうはもう人物画を描く気はないってことで、それで折り合いがつかなくて……というようなコトだったみたい」

「どうして人物を描くのがいやだったんだろ」

「さあねえ、それは女将もわからないって言ってた。ただ、『あの子はこうと決めたらテコでも動かないから』って笑いながら、でもちょっと寂しそうだったネ。息子の成功を祈らない母親はいないから」

「……そうなんスかね」

「うん？」

「──いえ」

「でもやっぱり、あれかなあ。ひとりなのがいけないんじゃないかなあ」

「ひとり？」

「ほら、奥さんもらうと男は変わるでしょう。仕事もうんと頑張れるし、子どもができたらできたで、もっともっと張りきるし。まあ、きみはまだ若いからピンとこないかもしれないケレドモ、ひとりぼっちじゃないっていうのはこれ、トテモ大事なことネ。歩太クンもまあ、せっかくあんないい子がいるのに、どうして思いきって決めようとしないかねえ」

「……誰か、そういう相手がいるんですか」

「いるいる。とっても素直ないい子ネ。おまけに美人だし。本人たちは『違う違う』って笑ってごまかすケレドモ、あれはどう見たってただの友だちには思えないよ。そういえば、いつだったかボクと三人で飲み比べしたこともあったっけ」社長は何を思いだしたのかくっくっと笑った。「そのときはボクがいちばん先につぶれてしまったから、あとは二人のうちどっちが勝ったかは知らないケレドモ」

――もしも捻挫などしていなかったら、とっくに席を立ってしまっていたかもしれない。腰から腐って落ちそうな脱力感のあまり歯を食いしばることさえできずに、俺はただじっと、過ぎていく時間に耐えていた。それは、怒りとか嫉妬といった手ごたえのある感情ではなかった。もっととらえどころのない何ものかだった。まるで顔面にまとわりつく蜘蛛《くも》の巣のようだ。いくら引き剝《は》がそうとしても、不快な息苦しさがいつまでも残って消えない。

厨房から、ジャッジャッジャッジャッとリズミカルな音が聞こえてくる。きっと、中華鍋の中身を放りあげるようにして切り返しているのだろう。その音を聞いているだけで、無駄のない一連の動きが目に見えるようだ。

いったいどうして、何をやってもああ自信に満ちていられるんだろう。壁に絵を描いていた時もそうだ。誰かと話をする時も、運転する時も、何よりあの秋の日、街路樹の下で夏姫さんと向かい合って座っていた時もそうだった。ただそこにいるだけで静かに完結している――そんなふうな、実年齢には不釣合いなくらいの落ち着きが、やつにはごく自然に備わっているのだ。

さっき見送ったやつの背中が、まだ目の底に残っている。俺より広い肩幅。俺より太い腕。俺より高い身長……。

初めて夏姫さんと並んで歩いた夜のことを思いだす。彼女に向かって、昔からこんなに小柄でしたっけと訊いた俺を見上げ、彼女は笑って言ったのだった。

〈単にあなたの背が伸びただけよ。ほんとに、すっかり立派になっちゃって。昔はあんなにチビだったのに……。ね、フルチン〉

よく言うよ、と思う。俺よりもっと目線の高いやつを見慣れているくせに、よくもまああんなことがさらりと言えたものだ。そんなこととは知らないから、言われた俺はなんだか嬉しくて、今までずっと覚えていた。まるで宝物みたいに、あの言葉を大事にしていた。

苛立ちが、吐き気のように喉もとにこみあげてくる。目の前の小鉢の中で、ガンモドキの煮つけが冷めていくのを見つめる。

「キミは、ガールフレンドはいないの？」

社長の声で我に返った。

「……いるような、いないような」

「いいじゃない、教えてヨ」

「いや、それはまあいいじゃないスか」苦笑いでかわしておき、「それより、一本槍さん、ほんとはその人のことどう思ってるんですかね」

話の持っていき方が強引すぎるのはわかっていたが、細かいところを取り繕っている気力もなかった。もうどうにでもなれという気分だった。

でも、社長はけげんな顔ひとつしなかった。子どものいない社長にとっては、息子のように目をかけている男についてこうしていろいろ興味深げに訊かれること自体、案外嬉しいものなのかもしれない。俺のことを行きずりの人間と思っているからよけいにしゃべりやすいのだろう。

「そこなんだよねえ」厨房をちらっと見やって、社長は溜め息をついた。「まあ、いろいろと事情はあるみたいなんだケレドモね。歩太くんにしたって、彼女に対して不満があるわけじゃないと思うんだ。ほんとに明るくていい子で、ときどき彼の家に来て掃除してあげたり、絵のことになると時々コワイ顔してお尻叩《たた》いてあげたりネ。彼がいちばん辛《つら》かった時期に、あれこれ世話焼いて助けてあげたのも彼女だったみたいなんだケレドモ」

「辛かった時期って？　ああ、お父さんが亡くなったことですか？」

あるいは、絵で苦しんでいた時期のことだろうかと思ったのだが、

「うーん、まあ――いろいろあったみたいなんだな」社長は目を伏せて言いよどんだ。「いや、ボクもそのへんのコトあんまりよくは知らないの。本人にいろいろ訊くのも悪いしネ。ただ、前に歩太くんのいないトコロで彼女をつかまえて、『なんで彼、あんなに煮え切らないのかネ』って訊いてみたらば、初めて言われて知っただけ。たぶん、まだ昔の恋人のことを忘れられないんじゃないか、ってネ」

――な……んだよそれ。

俺は、頰の内側を嚙みしめた。

――よりによって、夏姫さんの片想いだっていうのかよ。

最悪のパターンだった。報われない想いほどいつまでも尾を引くってことは、この俺が身をもって知っている。

できあがった高菜チャーハンを手に、一本槍が出てきた。「多めに作ったんですけど、食いますか」

「あ、もらうもらう」と社長が答える。

「じゃ、ちょっと待っててください」

俺のほうにも、待たせてすまないとでもいうように目で挨拶して、やつは湯気の立つ皿をまず向こうへ持っていった。

如才なく客と言葉を交わしている彼を見やりながら、

「でも、むずかしいよネ、こういうことは」と社長がつぶやく。「後ろばっかりふり返らないで、いいかげんに前を見たほうがいいとか何とか——ボクみたいなのがまわりからいろいろ言うのは勝手だケレドモ、そんなに簡単にいくものじゃあないしネ」

社長は冷めた酒を俺に注ぎながら、もう一度深い溜め息をついて言った。

「結局、忘れるというのは本人にしかできないことダカラ」


中途半端に欠けた月が、おぼろに霞《かす》んでいる。明日あたり、雨になるのかもしれない。

せっかくだから歩太くんの家へ行ってもうちょっとだけ飲もう、と言いだしたのは社長だった。ここからほんのすぐ近くだから。長くは引き止めないから。帰りはちゃんと送っていかせるから。そうくり返して、社長は俺の袖を引っぱった。もうだいぶ酔っぱらっていたのだと思う。

「またずいぶんと気に入られたもんだなあ」と、一本槍は俺を見て目を細めた。どこか面白がっているような、いたずらっぽい目だった。「どうする、寄っていく？」「寄っといでヨォ」と、社長が駄々をこねる。「お店じゃ歩太くんずっと忙しくしてたから、まだゆっくり話もできてないじゃないの。彼んちの桜、今が見ごろだヨ。庭で花見ができるの。何ていう桜か知らないけど、毎年、よそのよりだいぶ早く咲くんだよネ。お酒飲みながらいい気分で見上げると、もう、天国にいるみたい。あれは、見ておかないと損するヨォ？」

――花見、か。

俺が黙っているのを、遠慮しているとでも思ったのか、

「きみさえ迷惑でなければ、うちは全然かまわないよ」と一本槍が言った。「どうせ社長はもうすぐつぶれるから今夜はうちに泊めることになるだろうし、」

「つぶれないヨォ、失礼な」

「その後でもよければ、この人寝かせといてゆっくり送ってってあげられるしね。もちろん、足が痛むようなら今すぐ送っていくけど」

いやもう、ここから一人で帰れますから。

そう言うつもりで口をひらいたのに、

「じゃあ――ちょっとだけ寄らせてもらいます」

出てきた言葉はそれだった。俺もいいかげん、酔っぱらっていたのかもしれない。や

つと一緒にいればいるだけ、自分でも説明のつかない感情で苦しくなるばかりだというのに、どうして誘いに乗ってしまったんだろう。

どこか近くに停めてあったワゴン車を一本槍が取ってきて、俺が後部座席に乗るのに手を貸してくれた。不本意だったが仕方なかった。痛みそのものはともかくとしても、店の椅子に長く座っていたせいで足首が固まってしまい、病院を出たとき以上にうまく歩けなくなっていたからだ。

――こんな状態なら普通はさっさと帰るよな。

なんだかふわふわする頭で俺は思った。一本槍だって、内心あきれているかもしれない。口ではああして誘ったけれど、本当はとっとと俺を送り届けて、今日の面倒を終わらせてしまいたいに違いないのだ。

だけど、こんなチャンスはおそらくもう二度とないだろう。きっかけそのものは俺の間抜けな失敗だったにしろ、ここまで関わってしまった以上、せめてもう少しくらいあいつのことを知っておかなければ割に合わないじゃないか。やつが夏姫さんのことをどう思っているのか、そもそも彼女とはどういう間柄で、どんないきさつがあったのか

――実際、社長の言うとおり、俺はやつとはまだほとんど話をしていないのだ。初めて見かけたあの時から寡黙な印象があったし、よく知らない相手だからつい気圧《けお》されてしまうだけで、いざ話をしてみれば案外そのへんにいる普通のあんちゃんと変わらないか

もしれないしな……。

家まではほんとうにすぐだった。大泉学園の駅と俺の家のちょうど真ん中あたり、昔ながらの緑濃い住宅街のどんづまりに、その小さな二階家はあった。建物に比べると南側の庭はそこそこ広く、古びた塀や垣根に囲まれているせいでちょっとした隠れ家のようだった。隅にはさっき聞かされたとおり、桜の大木が枝をひろげていた。すでに七分咲きにはなっている。

俺らは、縁側に面した八畳間に通された。いつもは一本槍が絵を描くときに使っている部屋だそうで、油臭くないですか、とやつは気にしたが、そこから見る桜がいちばんきれいだからと社長が言い張ったのだ。

引き戸を開け放って風を通した一本槍が台所に消えるのを待ってから、俺は初めてゆっくりとあたりを見まわした。

几帳面《きちょうめん》な性格らしく、部屋は仕事場にもかかわらずきちんと片づいていた。隅っこの机の上には何冊ものスケッチブックが整然と積み上げられ、絵の具の木箱が並び、太さの違う筆が何十本もマグカップや紅茶の空き缶にそれぞれ分類して立ててある。床の一角には古いシーツのような布がひろげられていて、その上に、どこかで拾ってきたかのようなボロい木の椅子と、何ものっていないイーゼルが据《す》えてあった。学校の美術室と同じ匂いがするのが妙に懐かしかった。

組むに組めない足を投げだして座り、こちら側の壁際に寄せてあった本棚にもたれて庭に目をやると、咲き誇る無数の桜に夜空はあらかたおおわれて、そのせいで庭全体がやわらかな薄紅色の膜に包まれているかのようだった。

「彼岸桜って種類じゃないかと思うんだけどね、たぶん」

やがて戻ってきた一本槍は、言いながら大きなトレイを畳の上に置き、俺と社長の向かいにあぐらをかいた。社長と俺にそれぞれ水割りを作って手渡してくれる。

「父方のじいさんが終戦後、いなかからわざわざ持ってきて植えたんだってさ」

「いなかって？」

「うん、長野の山奥。一本槍って姓もそっちの名前なんだ。だから時々、親戚がこんなもの送ってくる」と、節高な指で野沢菜漬けの皿をさす。「あり合わせのものしかないけど、まあ好きにやって」

トレイにはほかに、シイタケの佃煮ときんぴらごぼう、サラミとチーズ、それに野菜スティックなんかが並んでいた。そのサラミとチーズが両方とも夏姫さんの部屋の冷蔵庫に常備されているのと同じものであることに気づいて、俺の胃の底はまた、しくりと痛んだ。

「そうかあ。歩太くんのとこ、親戚のヒトとはまだ行き来があるんだネ」

野沢菜をつまみながら社長が言った。すっかりリラックスしていて、すでに畳に寝そべって飲んでいる。

「そりゃまあ、おふくろはもう名前が変わったからあれですけどね。俺は一応、一本槍の孫だったり甥だったりするわけで」

うんうん、と社長は目を細めてうなずいた。「ヤマダくんは、どこのヒト？」

「うちはずっとこっちです」と俺は言った。「田舎がないって、けっこう寂しいもんスよ」

「じゃあ、高校なんかも地元なの？」

「はい。大泉東ってとこです」

「へえ、おんなじだ」と、一本槍が懐かしそうに言った。

「そういえば、夏ちゃんとは高校で一緒のクラスだったんだよネ」社長が意味深に笑って、俺のほうを向いた。「夏ちゃんていうのはホラ、さっきお店で話してた彼女のコト」

一本槍があきれたように目をむいた。「何を深刻そうに話してるのかと思ったら、そんなくだらないことをしゃべってたんですか」

「いやいや、クダラナイことなんかじゃないヨ、大事なことですよ。ねえヤマダくん」

「……はあ」

「あっそうだ」と、急に社長が起きあがった。「そうだそうだ、いいコト思いついた。夏ちゃんも今からここへ呼んだげたらどう？」

心臓が背中を突き破って飛び出すかと思った。

「ネ、電話してごらんよ歩太くん。この時間なら家にいるんじゃないの。せっかく桜もこんなきれいだし、美女が一人くらいそばにいてくれたほうがオイシイお酒飲めるじゃない。ねえヤマダくん」

「えっ、いや俺は……」声が震えて裏返る。「お、俺は正直、そういうのはちょっと苦手っていうか」

「何情けないコト言ってんの」と、社長は上機嫌で笑った。「人間、出会いが大切ヨ。大丈夫、大丈夫、夏ちゃんはさばさばしたいいコだから、気を遣う必要はゼンゼンないしさ、お花見はみんなでワイワイやったほうが楽しいじゃない」

本気でここから逃げだすことを考え始めた俺の向かい側で、

「またもう、すぐそういう勝手なことを……」と一本槍が言った。「勘弁してくださいよ」

「お、照れテル照れテル」

「そうじゃなくてですね」

「じゃあ呼んだっていいじゃないの」

「俺だってたまには静かに飲みたいんです」

「そんなあ」

「駄目ですって。今夜のところは、女は抜き」

「……そうォ？」社長が子どもみたいに口を尖《とが》らせる。「そんなに言うなら、まあいいケレドモ」

俺は、ようやくそろそろと体の力を抜いた。わきの下に、いやな汗がにじんでいた。なま温かい風が吹き、桜の天蓋《てんがい》がざわりとうごめいて花びらを降らせる。

「だいたい、社長が何をそうしつこく誤解してるのか知りませんけどね」ずいぶん低い声で、一本槍は言った。「あいつとは、ほんとにそんなんじゃないんです」

「そんなんじゃないなら、早くそうなればいいじゃないの」

「だから、俺らどっちにもその気はないんですって。何ていうかこう、あいつとはお互いに腐れ縁みたいなもんなんです。だいいち、彼女にはもう付き合ってる男がちゃんといるんですから」

「えっ？」社長は素《す》っ頓狂《とんきょう》な声をあげた。「ウソでしょ？」

「ほんとですって」

「どこの誰。どういうヒト？」

「聞いてませんよ、そこまでは。どうやら、だいぶ年下みたいですけど」

心臓が、今度は口から出そうになる。

「……なんだあ」

肩を落として、社長はずるずるとまた寝そべってしまった。畳に頬をつけて、深々と息を吐く。

「なんだあ、そうだったのか。いやあ、それはガッカリだなあ。ほんとにガッカリだ。あんなイイコ、さがしたってなかなかいないのに」

「まあ、俺もそれだけは認めますけどね」

「知らなかったなあ。あの夏ちゃんが、年下の男のコが好みだったなんて」

「いや、そういうことじゃないんじゃないですか」と一本槍は言った。「げんに、今まであいつが付き合った男はみんな年上だったし。でも、社長だって覚えがあるでしょ」

「何が」

「いっぺん相手のことを好きになると、ふだんなら気にもならないことが気になる代わりに、ふだん気にするはずのことは気にならなくなるものじゃないですか」

思わず目をあげると、やつは社長のほうではなく、庭を見ていた。膝を立て、後ろの畳に両手をついて桜を眺めている。

無精髭に覆われた横顔からは相変わらず何も読み取れなかったが、その目は桜を見ながら桜を見てはいなくて、どこか物憂げに細められていた。まるで、はるか遠くの空に書きつけられた文字を判読しようとするかのように。

「そんな、悟ったようなコト言っちゃって」と社長が唸った。「そうやって歩太くんがいつまでもグズグズしてるから、夏ちゃんをよそのヒトに取られちゃうんじゃないの。……あーあ、二人が一緒になって可愛い赤ちゃんが生まれるの、ボクほんとに、ほんとに楽しみにしてたのになあ」

やつはそれには答えずに、〈これだからまいるんだよな〉とでも言いたげな苦笑混じりの目配せを俺のほうに投げてよこした。

夏姫さんのことがよっぽどショックだったとみえて、社長はそれきりぱたりとその話題には触れなくなり、そのぶんグラスを口に運ぶピッチが上がった。はじめのうちは俺のことをいろいろ訊いてきたけれど、俺がそのたびに微妙にはぐらかすのに気づいたのか、後はもっぱら一本槍のことを面白おかしくネタにしてしゃべってくれるようになった。

子どもの頃から飲み屋で育った彼が、今やとてつもないウワバミだということ。修道僧並みにストイックなふりをしてるくせに(「してませんよ」と一本槍が口をはさんだ)むかし賞を獲った絵というのはどうやら女性の裸体画だったらしいこと。芸大を出てからは定職に就かずにインドやネパールやチベットのあたりを放浪し、ようやく帰ってきた彼を女将が社長に引き合わせた時には、すっかり痩せこけて目ばかりぎょろぎょろしていたこと。

「あの頃の歩太くん、ものすごく日に灼けてたよネ。ボクと並んでも、どっちが外国人かわからないくらい」

そう言って、社長は笑った。

「そんなふうだったからネ、彼、今でも時々どこか日本デナイ場所の絵を描くの。それがまた、なかなか良くてねえ。さっきの桜の絵なんかもそうだケレドモ、このヒト、光を描くのがとても上手。まぶしいのや、やわらかいの、強いのや弱いのや、さらさらした感じのや……。なあんて、ボクなんかがあれこれ言うより、ジツブツを見せてあげればいいじゃない」

「ええ？」

チーズを口に放りこみかけていた一本槍が手を止める。

「あのへんにあるの、みんなそうでしょ」

社長は寝転がったままイーゼルのそばの木箱を指さした。見るとたしかに、大小のキャンバスが無造作に立ててつっこんである。枠からはずして、くるくると巻いてあるものまである。あんなに適当で、保存の面とかは大丈夫なんだろうか。

「いいじゃない、見せてあげてヨ。ね、見たいよねえヤマダくん」

「あ、はい」

「……」

「あの、マジで見たいっス」

一本檜は、ふう、と息をひとつつくと面倒くさそうに立ちあがり、大またに木箱のところへ行って中から適当に二枚のキャンバスを選んだ。戻ってくるついでに、机の上のスケッチブックも一冊つかんで持ってくる。

黙って俺によこしたキャンバスは、どちらも風景画だった。一枚目は、深い森の中から梢を見あげたアングルで描かれていた。茂った葉のかたまりが黒に近い緑の陰影となって重なりあう隙間《すきま》から、細かい迷路のように空がのぞいて、光の道ができている。絵を見ているだけなのに、まぶしくて目を細めたくなる。もう一枚は、どこか北の国を思わせる鈍色《にびいろ》の海のおもてを、雲間から射した太い光の束が照らしている風景だった。

——てんしのはしご……。

「へえ、よく知ってるね」

言われて初めて、自分が声に出してつぶやいてしまったことに気づいた。

もしかして、その呼び名をやつに教えたのも夏姫さんなんだろうか。それとも、もとは夏姫さんのほうがやつから教わったのだろうか……。

無理やりに気を取り直し、表紙のすり切れたスケッチブックをひらいてぱらぱらとめくる。とたんに今度は、人、人、人の洪水に酔いそうになった。たぶんインドで描いたものなのだろう、長い布を体に巻きつけた老女が川で水を汲《く》んでいるスケッチに始まって、沐浴《もくよく》をする人々、市場でものを買う人々、ボウルの中の食べものを右手でじかにつかんで口に運ぶ人々、裸で泣いている子ども、うつろな目をして痩せた赤ん坊を抱く母親、足を組んで瞑想《めいそう》する老人、重そうな荷を背負う男、そして、犬、牛、その他の家畜……。ほとんどは濃い鉛筆かクレパスみたいなものを使って単純な線だけで描かれているのに、省略された部分からさえ血の通った肉の感触が伝わってくるかのようだ。

「ほんとにもう、こういうのは描かないんスか」

つい、口が滑ってしまった。

「——何か、社長から聞かされた?」

「えっ。あ、いや、そういうわけじゃ……」

慌てて目をやると、当の社長は、いつのまにか長々と伸びて眠ってしまっていた。閉じた唇から、っぷすぅ……っぷすぅ……と寝息がもれている。

一本槍がジーンズの尻ポケットに手をやり、ぺちゃんこになった煙草の箱とジッポを取りだした。

「いる?」

「いえ、俺は」

「吸ってもかまわないかな」

俺がうなずくと、やつは曲がった煙草を撫でつけるようにして伸ばし、くわえて火をつけた。ジッポがたてる一連の音と、社長の寝息とが重なって聞こえた。

「ネパールの、うんと奥地でさ」煙に目を細めながら、やつは言った。「一晩泊めてもらった家で、そこんちのおばあさんを描いた絵に、水彩で色をつけたのが最後だったな」

頭上の桜がざわめき、重たげに揺れる。

「たぶん、病気っていうより老衰だったんだろうけど、もう何にも食べられなくてさ。声も出なくて、孫たちが汲んできた水をちょっと飲むのが精一杯で……。そんなふうになってもまだ、おじいさんがそばへ行って手を握ると、嬉しそうに笑うんだ。笑顔のきれいな、可愛いおばあさんだった。そこは観光客なんかまず行かないような田舎だったけど、いや、だからかな、みんな本当に親切にしてくれたよ。ただの通りすがりの、ろくに言葉も通じない俺に、水飲ませて飯食わせて、寝るとこ用意してくれてさ。あくる朝、おじいさんにカメラ持ってないかって言われて、何かと思ったら、ばあさんを撮って欲しいって言うんだよ。あとでその写真を送ってくれないかって。でも俺、カメラ持ってなくて……それで、代わりと言っちゃ何だけど、絵を描いて置いてきたわけ。俺にできることなんて、せいぜいそれくらいしかなかったから。あんなに真剣に描いたのは、ほんとに久しぶりだったっけ」

俺は、ずっとうつむいたままで、やつの静かな声に耳を傾けていた。

　頭の中には、会ったこともないそのおばあさんの姿が浮かんでいた。きっとやつは、笑っているおばあさんを描いたんだろう。ちょっと恥ずかしそうな、可愛らしい笑顔だったんだろう。家族に囲まれ、すでに自分の行く末を受け入れて、その目は穏やかに澄みきっていたに違いない。

　どんなに結びつけまいとしても、目の奥に、俺の撮ったばあちゃんの笑顔がちらついてどうしようもなかった。公園の桜の下で、口をすぼめて笑っていたばあちゃん。あの時はまさか、その写真に黒いリボンがかけられることになるなんて思ってもいなかった。ゆっくりと準備をして迎えることのできる死もあれば、あんなに突然、奪い取るように訪れる死もあるのだ。

「それっきり、人物はまともに描いてないな」空いている小鉢に灰を落として、一本槍は言った。「あのとき以上に真剣に描くことは、もう二度とないような気がしてさ。まあ、スケッチくらいはたまにするけどね」

「でも……その、学生の時に賞を獲ったっていう絵は、人物画だったんですよね」

「それも社長から？」

「ていうか、さっきヌードだったとか言ってたし」

「――ああ」ふっと笑った。「まあね」

「それって、恋人だったんスか？」

りあう。

一本槍は、答えずに煙草をふかした。細い煙が庭へと漂い出ていって、花びらと混じ

「言い訳のようだけどさ」と、やつはつぶやいた。「俺が自分で応募したわけじゃなかったんだ。賞とかそういうものにはまるで興味なかったし、もともとそんなつもりで描いた絵でもなかったし。それを夏姫が……さっき社長との話に出てたあの彼女がさ、勝手に一般部門用の書類そろえて、ほとんど強引に送ったというか」

そしてふいに、クスッと笑った。

「なんかこれって、どっかのタレントの常套句《じょうとうく》みたいだな。『デビューのきっかけは？』『姉貴が勝手に応募したんです』ってやつ」

ウワバミと言われるだけあって酔いはまったく顔に出ていないが、それでも酒が入ればいくらかは舌がなめらかになるらしい。

俺は、思いきって言ってみた。「いったい、どうしてそんなに世話焼くんでしょうね、その人」

「さあ。どうしてだろうな」

適当にかわされて、イラッとなった。

「やっぱりその人、ほんとは一本槍さんのこと好きなんじゃないスかね。でなきゃそんなに一生懸命、面倒なんか見ないっしょ」

「社長にもそう言われたよ」

「そりゃ誰だってそう思いますよ」

「まあ、思われるのは無理ないけどな」やつは小さく息をついた。「でも、そうじゃないんだ。何ていうか――いろいろ複雑なんだよ」

「けど、一本槍さんのほうは今、彼女とかいないわけでしょ」

「今のところはね。というか、いわゆる〈彼女イナイ歴〉十年ってとこかな」

「え、まじで？」びっくりして、俺は思わず言った。

「そんなに驚くようなことかな」

「あ、いや……」

「俺だってべつに、二度と恋愛したくないと思ってるわけじゃないよ。たださ」目を伏せて、やつはまた小鉢に灰を落とした。「もう二度と、置いていかれたくはないんだ」

「……」

「臆病《おくびよう》、なんだろうな」

まるで、俺のことを言われているような気がした。

それにしても、前の恋人とはそんなにひどい別れ方をしたんだろうか。十年も後遺症が残るほどに？

短くなった煙草をもみ消した一本槍が、

「コーヒーでも淹れようか」と立ちあがる。「それ飲んだら、そろそろ送っていくよ」

「あ、すいません。すっかり長居しちゃって」

「いや、こっちが引き止めたんだから。足痛いのに、悪かったね」

もうちょっと待ってて、と言い残して、一本槍は廊下に出ていった。

またしても、目で追ってしまった。そうせずにいられなかった。たとえ夏姫さんのことが無かったとしても同じだったんじゃないかと思う。首から肩にかけての骨格とか、腰のあたりの気配とか、それこそジーンズの裾からのぞいたくるぶしに至るまで、同性の俺が見ても不思議な色気のある男だった。

――あと十年たてば、俺もあんなふうな空気を身にまとえるようになるんだろうか。

下唇をかみしめる。

おそらく、そういうことではないのだ。やつは俺の年頃にはもう――それどころか夏姫さんと同じ高校に通っていたというその頃にはすでに、今と同じ色の空気を身にまとい、そのせいであたりから微妙に浮きあがっていたに違いないのだ。

あらためて、くそ、と思う。やつが夏姫さんのことを女として見ていなくても、夏姫さんのほうは絶対やつに惹《ひ》かれている。惹かれないわけがないじゃないか。

奥の台所から、豆を挽く音がする。社長が、むずかるような声をもらして仰向けになり、また寝息をたてはじめた。

〈二人が一緒になって可愛い赤ちゃんが生まれるの、ボクほんとに楽しみにしてたのになあ〉

ふざけんな、と思ってみる。

〈知らなかったなあ。年下の男のコが好みだなんて〉

でも——そうか。そう考えると、夏姫さんは少なくとも、あいつに対して俺という男の存在を打ち明けはしたわけだ。ということは、俺にもまだ勝ち目はあると思っていいんだろうか。〈あのひとはそんなんじゃない〉という彼女の言葉を、〈俺らどっちにもその気はない〉というあいつの言葉を、少しは信用してもいいんだろうか。

どこか近くの家から、犬の吠え声と、それをたしなめる女の声がする。いま何時だよ、と腕時計をのぞくと、驚いたことに、まだ十時半だった。もう十二時をとっくにまわったような感覚でいたのに。

後ろの本棚に頭をつけて、長々と溜め息をつく。イーゼルの上の鴨居《かもい》に、色あせたブルーのチェックのシャツがかかっているのをぼんやり眺める。

いったい何を信じればいいのかわからなかった。少しでもあいつのことを知れば何かがわかるような気がしていたのに、かえって混乱が増していくばかりだ。

もたせかけた頭をずらして天井を見あげる。

——と、本棚の一段目、びっしり並んでいる本や雑誌の上の隙間に、さっきのスケッチブックとは違う青い表紙のやつが横向きに差しこんであるのが見えた。全部で三、四冊はある。目立っていたわけではないし、むしろ目立たないようにそこに押しこまれているんだろうに、妙に気にかかった。まわりがみんな絵とは関係のない普通の本だったから、よけいに違和感を覚えたのかもしれない。

俺は、痛くないほうの足を引き寄せ、本棚に背中を押しつけるようにして立ちあがった。片足立ちのようなかっこうで一冊を抜き出し、そっとひらいてみる。薄い紙はわずかにクリーム色がかっていて、一ページ目からぎっしりと鉛筆画で埋まっていた。女の手のアップや、首すじのなだらかな線、肩胛骨《けんこうこつ》、背骨の溝、腰のあたりにある二つのくぼみ。足のつま先ばかりをいろんな角度から描いたページもあれば、ポーズをつけた全身の輪郭をラフになぞったものもある。続いて抜き出した二冊目も、だいたい同じだった。それぞれのページには部分しか描かれてなくても、モデルになった女性が服を着ていないのは明らかだった。もしかすると、例の裸体画のもとになったデッサンなのかもしれない。

どう見たってこれは恋人だよな、と思った。あいつは何も言わなかったけれど、恋人でもなかったら、たかだか指先の表情ひとつ写し留めるだけのためにここまで手間暇をかけたりはしないだろう。

執念を感じるほど緻密《ちみつ》で美しいデッサンのそれぞれに、モデルの女性へと向かうどうしようもないくらいの慕わしさが透けて見える気がして、なんだか胸が痛くなってきた。やつから去っていった恋人というのはこのひとのことなのだろうか。だとしたら、二度と置いていかれたくはないと言ったやつの気持ちも少しはわかるような気がする。やかんがピィ……と音をたて始めたところで、やつは火を止めたらしい。食器棚を開け閉めする物音が聞こえる。

思いきって、三冊目を手に取ってひらいた。

でも、そんなことはするべきじゃなかったのだ。

一ページ目に、初めて顔のアップが描かれていた。手が、勝手に震えだす。俺は、浅い息を継いで、口の中に湧《わ》いてきた嫌な唾《つば》を飲み下した。その顔は――まぎれもなく夏姫さんだった。髪こそは肩のところで切りそろえられていたが、何度見直しても夏姫さんだった。次のページをめくる。恥ずかしそうに微笑む顔。次のページ。うつむきがちの横顔。めくっても、めくっても、あらわれるのはすべて彼女だった。それもそんなに前じゃない。髪の長さから考えて一年くらいは前かもしれないが、ほとんど今現在のあの夏姫さんの顔だ。

足もとにそれが落ちるのもかまわずに、俺は四冊目をひったくるように取ってめくった。

素っ裸の夏姫さんがベッドに横たわり、俺を見つめていた。ちょっとすねたような、それでいて今にも笑いだしそうな表情で。いや、違う、彼女が見つめているのはあいつだ。この視線の先にいるのはあいつなのだ。

——どういうことだよ……。

答えは一つきりしかないのに、俺の頭は痺《しび》れてしまって使いものにならなかった。本棚によりかかることでかろうじて体を支え、それでも立っていられなくて、ずるずると座りこむ。その次のページは、このままですでに作品と呼べそうな上半身のデッサンだった。窓辺にもたれた夏姫さんは外へと視線を投げ、肩先の輪郭は逆光のせいで白くとんでいる。細すぎる肩と腕、どちらかというと小さめの胸。この半年間、俺のものだと思いこんで何度も愛したその胸を、無言で見つめる。

——なんで、こんな嘘つくんだよ……。

自分がどれほど強く夏姫さんを信じたいと願っていたか、いま初めて知る思いだった。何度違うと否定されても俺が二人の仲を疑わずにいられなかったのは、百パーセント信じたいという気持ちの裏返しだったのだ。こうして裏切られてみて初めてそれがわかった。

言ってくれればよかったじゃないか。〈あのひとはそんなんじゃない〉なんて空々しい言葉でごまかさないで、つい最近まで付き合ってたなら付き合ってたと、最初からちゃんとそう言ってくれればよかったじゃないか。あの野郎もあの野郎だ、彼女イナイ歴十年だなんて――。そこで、はっとなった。過去形では、ないのかもしれない。あの二人がこうまでして互いの間にあった関係を隠そうとするのは、それが今でも続いているからじゃないのか。本当に終わってしまったことなら嘘をついてまで俺に隠す必要はないはずじゃないか。

――いや、まだわからないだろ。

ひとすじの光にすがるような気持ちで、俺は自分を説き伏せようとした。裸になったからって、必ずしも二人の間に体の関係があるとは限らない。もしかしたら単なる絵描きとモデルの間柄でしかないのかも……。あり得ないとわかっていながら、俺は何とかしてその可能性にすがろうとした。ついさっき、どう見ても恋人だと感じた自分の直感に目をつぶろうと躍起になった。

もうやめておけ、と思いながら、次のページをめくる。夏姫さんは……。

夏姫さんは、ただ、眠っていた。腰のあたりにだけ柔らかそうな毛布を巻きつけて、横向きの姿勢でぐっすり眠っていた。その全身像と、余白には、軽く握った手の部分のデッサンと、顔のアップ。

俺だけが見ることを許されたはずの、少し眉《まゆ》をひそめたようなこの寝顔。俺だけが、見ることを許されたはずの……。俺だけが……。

目の前が狭まり、あたりが暗くなる。怒りとも悔しさとも、哀しみともつかない感情のうねりが、嵐の海の渦潮みたいに俺を呑みこもうとする。

俺だけ――では、なかったのだ。俺の代わりなんか、いくらでもいるのだ。いや、俺自身がたぶん、あいつの代わりでしかなかったのだ。

いつから唸り声をもらしていたのかわからない。

「どうした、ヤマダくん」

肩をつかんで揺さぶられ、かかえていた膝からのろのろと顔をあげると、社長がおびえたような顔で俺をのぞきこんでいた。

「どこか痛いの、え？　足が痛むの？」

「――いえ……」

と、そこへ、

「あれ、なんだ社長、もう起きたんですか。ちょうどコーヒーがはいっ……」

それきり急に、しんとなった。

のろのろと見あげると、やつはマグカップを両手に持ったまま、畳の上に散らかったものを凝視していた。視線の先で、夏姫さんの寝姿を描いたページがひらいたままになっている。しかも、くしゃくしゃだった。無意識のうちに、俺はそのページを握りしめてしまっていたのだ。

動悸《どうき》がいっぺんに跳ねあがった。体じゅうの血が一旦引き、再びそれが冷たい溶岩のようにせりあがってくる。

「す、すいません。俺――俺、その、途中で気分悪くなって――っていうか、勝手に見ちゃってほんとすいません」

声が、がらがらにかすれていた。噴き出そうとする感情と、押しこめようとする意志とがせめぎあって、額に脂汗《あぶらあせ》がにじむ。

「なんかさ、苦しそうなんだよ」と、社長が心配そうに俺と一本槍を見比べる。「ねえヤマダくん、大丈夫？　だいぶ具合悪いんじゃないの？」

「ちょっと、の……飲み過ぎたみたいで。あの……俺、もう帰ります。ほんとすいませんでした」

一本槍が、黙ってそのへんにマグカップを置いた。畳に膝をつき、しわくちゃになったデッサン画に手をのばす。そしてやつは、大きなてのひらでそのシワをゆっくりと伸ばした。まるでそこに描かれた彼女を愛撫するかのように、そっと撫でつける。ためらいがちで、繊細な、どこまでも愛しげな手つきだった。

目の前にいる一本槍のごつい肩と腕を、俺は見つめた。

最初から、こんなふうだった。ちょうど、けものの雄同士が目を合わせた瞬間どちらが優位かをさとるように、俺は最初にこの人を見た時からずっとおびえていた。こいつが夏姫さんを抱く、そう考えるだけで気が変になりそうなのに、飛びかかって殴ってやることさえできない。それどころか、何ひとつ言葉が出ない。

情けなくて、目尻に涙がにじんだ。もう、いやだ。もう、待つのも追いかけるのもいやだ。それくらいなら自分から切り捨ててしまったほうがまだましだ……。子どもの頃と同じ恐怖が、俺の背骨を麻痺させていく。

と、ふいに一本槍が顔をあげた。

もはや取り繕うこともできずに歯を食いしばっている俺を見つめて、仕方なさそうに苦笑いする。

「夏姫だと、思ったのか」

俺は、ぼんやりとやつを見た。言われた意味がわからなかった。

「違うよ、これは。あいつじゃない」一本槍は、短い溜め息をついて言った。「ったく、自分の恋人の顔ぐらいちゃんと見分けろよ。——え？　フルチンくん」

脳に電流を流されたかと思った。

ぎょっとなって飛びすさろうとしたとたん、足首に激痛が走った。

「な……なんで？」

腰が抜けたみたいな格好で茫然《ぼうぜん》と見あげる俺を、やつの目がまっすぐに射すくめる。

「そ、そんな……いつからわかって……」

やれやれとばかりに、さっきより大きな溜め息をついて、一本槍はその場にあぐらをかいた。

「『なんで』もくそもないだろうが。あれだけ堂々とデートしてて」

「――え?」

「いつだったか石神井の駅前にいたとこを車ですれ違ったのと、あとはボート池んとこでいっぺん遠目に見かけただけだけどな。だからまあ、今日の夕方、最初に目が合った時はすぐにはわからなかった。気がついたのは、その後また描きだしてからだったよ。ああ、そういうことか――ってね」

俺は、喉につかえた塊をごくりと飲み下した。いっそのこと、消えてしまいたかった。

「どういうことヨ、歩太くん。え? 誰なの、このコ」

おろおろしている社長をそのままに、一本槍はそばにあった一冊を取ってぱらりとめくり、選んだページを黙って俺に突きつけた。

それは、まだ見ていなかった表情のアップだった。造作そのものと、泣き顔のような微笑はそっくりだが、細い眉は少し下がり気味で、鼻から頰のあたりにかけて小さなそばかすが散っている。こんなそばかす、たしかに夏姫さんにはない。それに眉だってもっと濃くて太いはずだ。夏姫さんの眉は、いかにも勝ち気な性格そのままに、少年みたいにまっすぐにつり上がっている。

「だ……だけど」俺は、声をしぼりだした。「よく、似てる」

やつはふっと頬をゆるめた。「そりゃそうだ」

デッサンを自分の膝にのせ、じっと見おろす。まるで、絵の中のそのひとと見つめ合っているかのようだ。

「でもな」何度かためらったあとで、やつはようやく言った。「もう、とっくにいないひとだよ」

11

庭の片隅、刈り込まれた植木の陰に、古ぼけた犬小屋が置かれていることに今ごろ気づいた。

もう長いこと空き家のままらしい。三角屋根の下には主《あるじ》だった犬の名前が記されているようだが、あたりが暗いのと文字がすっかり薄くなっているのとで何と書いてあるかまでは読めなかった。

縁側の柱にもたれて両膝を立て、時々思い出したように煙草を口に運ぶ一本槍の向かいで、俺は窓際の砂壁に寄りかかって両脚を投げ出している。じっとしていても、左の足首がズキズキする。さっきまでは平気だったはずなのにいつ新たに痛めたものやら、考えても薄ぼんやりとしか思いだせない。

小一時間ほど前に、社長は一人で帰っていった。おかげで酔いがすっかりさめたヨ、と苦笑いして、自分で運転して帰った。家は練馬だそうだから、もうとっくに着いている頃だろう。

残された一本槍と俺の間には、コーヒーではなく再び酒が置かれている。

〈ほんとは酔うほど飲んでないだろ〉

そう言ってやつが持ってきたのだ。さすがに少し冷えてきたから、二人とも梅干しを入れた焼酎《しょうちゅう》のお湯割りを選んだ。

それにしても、こうして思い返してみればいろいろと思いあたることはあるのだった。飯の時にしろ、この家に来る時にしろ、どうして一本槍が社長に加勢するみたいにして俺を誘ったのか。さっきだって、どうして赤の他人でしかないはずの俺の前で、夏姫さんに関する社長の誤解を正そうとしたのか。なんのことはない、最初からやつのてのひらの上で転がされていただけかと思ったら、ただただ脱力してしまった。腹が立つとか悔しいとか思う以前の問題だった。

おぼろの月は今、桜の木の真上にある。青みがかった光に透けて、ひとつひとつの花が星のように発光してみえる。

さっきまでとは風の向きが変わったらしい。ひらひらと運ばれた花びらの一枚が縁側をこえて部屋の中にまで入ってきて、まるで蛍が羽を休めるかのように一本槍の膝の上にとまると、やつはそれを見つめながらゆっくりと酒を飲んだ。

「――想い出ってさ」

また一枚花びらが散るのと同じくらいの静かさで、一本槍は言った。

「時がたつと、美化されるものだっていうだろ」

体がごついだけに、その静かな口調はなんだか痛々しかった。

「もしかして、彼女が一人きりの特別な女性だったように思えるのもそういうことなんだろうかって、俺なりに何べんも考えたんだけどさ。結局、答えなんか出なかったな。はっきりしてるのはただ、あれから十年たった今も俺がこうして独りでいるっていう、それだけでさ」

春という字にお妃《きさき》さまの妃と書いて〈はるひ〉と読むのだと一本槍は言った。それが、あのデッサン画の女性の名前だった。

彼女は夏姫さんの八つ年上の姉で、当時は駆け出しの精神科医で、同時に一本槍の父親の主治医だった。やつの親父さんが長く入院していた先は、精神科の病院だったのだ。

夏姫さんと一本槍は、高校卒業前後の一時期つき合っていたらしい。

〈断っとくけどな〉と最初にやつは言った。〈あいつの裸なんか見たことも描いたこともないぞ〉

身も蓋《ふた》もない言い方をすれば、要するに一本槍が夏姫さんからその姉へと心変わりしたのだった。最初は姉だと知らないまま恋に落ちたとはいえ、そうとわかってからも――妹のほうと別れ、やがてその姉と結ばれた後でさえも――やつは、真実を夏姫さんに告げることができなかった。いつかは言わなければと思いながらも先延ばしにしてしまっていた。何も知らない夏姫さんは、当の姉に一本槍へのあきらめきれない想いを相談し、姉は姉で恋人への想いと妹への後ろめたさの間で板挟みになった。

「責められるべきはさ。だから、全部俺なんだよ」と一本槍は言った。「なのに夏姫のやつは、いまだに自分を責めてる」

問いかける俺の視線から目をそらして、やつは、もう何本目ともわからない煙草に火をつけた。

「ちょうど、今ぐらいの季節でさ。あの朝、俺は久しぶりに春妃の部屋に泊まって起きたところで、バイトに出かける用意をしてた。そこへ夏姫のやつが訪ねてきたんだ。いつもならまず電話してから来るのに、その日だけはたまたまいきなり来て、おまけに……ああいうことって、なんで重なるんだろうな。玄関脇のキッチンの窓が、細く開いてた」

ひりひりするような笑みを、やつはわずかに目元に浮かべてみせた。

「言い逃れなんか、できるわけがないよな。そのとき俺、上は裸のまま歯を磨いてたんだから」

桜のざわめきが、やけに耳につく。垣根の外を車が通りすぎていき、少し先で停まるのが聞こえた。近所の家の誰かが遅く帰宅したらしい。

「それで」俺はとうとう先をうながした。「そのとき夏姫さんは？」

一本槍は目を閉じて、こつん、と後ろの柱に頭をもたせかけた。

「『お姉ちゃんの嘘つき。一生恨んでやるから』」

「……………」

「はは、キツいよな。あいつの一言はときどき、ほんとにキツい」

たしかに、それは俺もよく知っている。

「でも、今となっちゃ、あの一言にいちばん傷ついてるのはあいつ自身なんだ」

「どういう、ことですか」

「春妃が死んだのは、それからほんの何時間か後だったからさ」

一瞬、息ができなかった。

決して口にするべきでない言葉。二度と取り返しのつかない一言。ばあちゃんの丸い背中と、冷たいタイルの床。

〈誰に何を言われても消えない後悔なら、自分で一生抱えていくしかないのよ〉

あれは、俺に対して言っただけじゃなかったのだ。夏姫さん自身が十年かかってたどりついた、ひとつの哀しい答えだったのだ。

「……春妃さんて人は、どうして亡くなったんですか」

一本槍は、目を閉じたまま長いこと答えなかった。煙草の灰が、じりじりと長くなっていく。

「直接の原因は、処置をした医者のミスだったそうだけどな」と、やがて彼は言った。

「それでも、春妃を死なせたのは俺なんだよ。夏姫は、自分の一言が姉貴を追いつめたと思ってるけど——たとえそれがいくらかは事実だったとしたって、春妃が死んだのはあいつのせいなんかじゃない。俺のせいだよ。俺が最初から夏姫に本当のことを話していれば、あいつも大好きなお姉ちゃんにあんな言葉をぶつけて、今頃まで苦しむ必要はなかったんだ。春妃の体のことにしたって、俺がもっとちゃんと考えて気をつけてれば……」

「体のこと？」

一本槍ののどが、何かを飲み下すように苦しげに引きつれた。

「赤ん坊がさ。いたんだよ、腹ん中に。——それが流れそうになって、病院へかつぎ込まれて、そこの藪医者《やぶいしゃ》の打った注射一本が原因で……俺なんか、夜になるまでずっと知らずにいたけど、かわいそうに夏姫のやつ、その一部始終を見てたんだとさ」

一本槍はようやく目をあけて、ふ、と息をついた。

「結局、俺がどうしようもなくガキだったってことだよな。いっぱしの大人のつもりでいて、そのじつ何にもわかっちゃいなかった」

それきり、また黙ってしまった。

知らずに止めていた息を、俺はそろそろと吐き出した。自分がいま一番失いたくないもののことを思ってみる。それを突然失ってしまった場合のことも。

思わずぶるっとなって、酒に手をのばした。ありがたいことに、コップはまだ少し温かかった。

ふと気づいて、俺は言った。「あの、灰が」

「……え」

ひどく反応が鈍い。

「煙草の灰が」

一本槍はのろりと指先に目をやり、ああ、と言って、縁側に灰を落とした。

十年という歳月が過ぎた今でさえ、そのひとの死を語るだけでこんなふうになるのだ。亡くなった当時は、いったいどんな——そう思った時、

「きつかったわな、あの頃は」

まるでこちらの頭の中を見透かしていたように、一本槍が言った。俺に話すというよりは、ひとりごとのような物憂い口調だった。

「おふくろが再婚して、ここを出てくまでの一ヶ月くらいが一番きつかった。家では俺、春妃のことなんてまだ何ひとつ話してなかったからさ。なんとか普通にふるまおうと必死でさ。ほんとは口きく気力もないのに、店の客の相手して、笑ったり冗談言ったり……そのぶん、後で反動がくるわけさ。この家で一人きりになったとたん、糸が切れたみたいになっちまって、外にも出ない、風呂も入らない、飯も食わない……というか、食えない。これじゃヤバいだろうって自分でも思うのに、どうやっても動かないんだ、体が。仰向けに寝転がったまま、腹が減って朦朧《もうろう》としてくればくるだけ、目の前に春妃の姿がふわふわ浮かんで、ほんとにすぐそばにいるみたいで、あと少し、もうほんの少し手をのばせばあいつに届きそうで……」

無意識だったのだろう、空中に片手をさしのべるみたいな仕草をした彼は、俺の視線に気づいて、ばつが悪そうに手を引っ込めた。

「そりゃあ、いくら腑《ふ》抜けた頭でも、春妃がもう戻ってこないことくらいはわかってるんだよ。目の前の春妃がただの幻覚だってことも、よくわかってるんだ。それでも、なんか幸せでさ。たとえ幻でも、そこにいて顔を見せてくれるだけで、ほんとにもう、泣けてくるほど幸せでさ。春妃のいない現実へ戻るくらいなら、このまんま……この夢みたいな気持ちのまんま、俺も……。なんてな、はは」

苦い顔でかすかに笑ってみせると、一本槍は頭をがしがし掻《か》いた。

「何日目かに夏姫が来て、無理やり世話焼いてくれなかったら、あのまま閉め切った家の中で餓死してたかもしれない。俺がいまだに夏姫に頭が上がらないのはそういうわけで、ただそれだけのことだよ」

「でも、夏姫さんのほうはそれだけじゃないっスよ」と俺は言った。「その時はそりゃ、ほうっておけなくて世話焼いただけかもしれないけど、それまでだってずっと好きだったわけでしょ。いや、今だってそうですよ。もう立ち直ってる一本槍さんのことを、それでもあんなにかまうっていうのはやっぱり、ほっとけない以上の気持ちがあるからじゃないスか」

なんとも面倒くさそうな顔で、やつは俺を見た。「あんたもたいがい頑固なやつだな。そういうんじゃないんだって、何べん言ったらわかるんだよ」

「だけど、」

「だけどじゃなくてさ」やれやれと首を振って、やつは言った。「あいつはな。俺のことを、もう立ち直ったなんて思っちゃいないんだよ。いまだに俺が人物を描こうとしないことにえらくこだわってる。こっちはただ、描くなら春妃しか描きたくないし、春妃ならもうすでに最高のやつを描いたつもりだから気が済んだっていう、ただそれだけなのにな。これまで業界とのつき合いを避けてきたのだって、描きたくない時にまで描きたくもない絵を描きたくない、それだけなんだよ。わかるだろ？」

「……はあ」

「な？　誰だってわかる理屈なんだ。なのにあいつは、何が何でも俺を立ち直らせて、もっと売れるような絵を描かせなきゃって思いこんでる。姉貴が死んだのも自分の一言のせいなら、俺が描かないのもやっぱり自分のせいだってな。姉貴の昔のつてを頼りに、今また画廊と俺の間を取り持とうとしてるのだってそのためだよ。それであいつの気が済むんならと思って承知はしたけど、正直言って面倒くさい。こないだあいつにそう言ったら、えらい剣幕で怒られたけど」

「――一本槍さん自身は？」

「うん？」

「そういうふうには、ほんとに思ったことないんですか」

「そういうふうって」

「だから……春妃さんて人が亡くなった時からこれまでの間ずっと、本当にただの一度も、夏姫さんのせいだとは思わなかったんですか。夏姫さんがあんなひどいことさえ言わなかったら、今でも春妃さんは生きてたかもしれないっていうふうには、ほんとにチラッとでも考えたことないんですか」

今度の沈黙は、長かった。一本槍はまるで、息をしていないかのように見えた。

やがて口をひらいた時、やつの目はそれまでと違っていた。なにやら少し、用心深げに細められていた。

「夏姫が言ってたのと、全然違うじゃないかよ」

「は？」

「『全部わかっていながら、それ以上は踏み込んでこない子』――あいつはあんたのことをそう言ってたぞ。それがほんとなら、あいつの前ではよっぽど猫かぶってるってことだな」

「単に、あのひとを傷つけたくないだけですよ」と俺は言った。「もっと踏み込んでもいいものなら、とっくにそうしてます」

「俺に対しては、そういう気はつかわない、と」

「へえ。つかってほしいんスか」

と、ふいに、一本槍が口元をゆがめた。くっくっと笑いをこらえながら、日に灼けた首の後ろをてのひらでごしごしこする。

「何笑ってるんですか」

「いや、べつに」

「何か、おかしいっスか」

「おかしかないさ。久しぶりに頭にきただけで」

言いながらもくつくつ笑っている。ばかにされているような気がしなくもない。

ひとつ大きく息をつくと、やつは自分のコップに焼酎とお湯を足し、それから俺のほうに手を差しだした。「貸せよ」

俺は、黙って自分のを渡した。

新たに梅干しを入れてかき混ぜたコップを俺に返しながら、

「わかってはいたんだ、俺だって」と、やつは言った。「あのとおり気丈なやつだから、弱みは見せまいとするだろ。そのじつ、俺の世話を焼くことでかろうじて自分を立たせてる、それもわかってた。本当は俺なんかよりあいつのほうがよっぽどきついってこともな。だから、最初の頃は顔見るたんびに言ってやったよ。春妃が死んだのはお前のせいなんかじゃない。いいかげん自分を責めるのはやめろ。何べんそう言ってやったかわからない。でも——あんたの言うとおりだな。あの頃、俺の中には確かにあいつを責める気持ちがあった。『お前のせいじゃない』って口で言いながら、頭の中では『お前のせいだ』って唱えて、でも本人には絶対それを言わない優しい自分……みたいなさ」

俺は、黙っていた。

最低だよな、とやつは言った。

「けど、こっちはこっちで、そうやって立ってるしかなかったんだ。どこからどこまでが俺のせいで、どこからが誰にもどうしようもないことだったのか、その全部をまともに引き受けられるようになるまでは、心の底でずっとあいつに責任をおっかぶせて逃げてた。そういうのをあいつは敏感に感じとってたのかもしれないな。いや、今でもたぶんそうなんだろ。俺が心の中では今でもあいつを責めてるもんだと思いこんでる」

「もう、責めてないんですか」

うんざりしたように、やつが俺を見る。「あんた、人の話を聞いてたか？」

「じゃあ、夏姫さんの誤解をちゃんと解いてやろうとは思わないんですか」

「どうすれば解ける？」と、逆に訊き返されてしまった。「この上、言葉で慰めることに意味があると思うか？『今度こそほんとにお前のせいじゃないよ』とでも言えばいいのか？」

たしかに、あまり意味があるようには思えない。

一本槍は苛立たしげに前髪をかきあげた。

「あいつの傷こそ深いんだよ。親は、何かあるとあいつに寄りかかるしな。昔からけっこう難しいところのある親で、生きてた頃の春妃とはほとんど行き来がなかったくせに、いざ死んでみるとまるで春妃こそ優秀な娘だったみたいな……それこそ美化ってやつでさ。夏姫も、一人暮らしを認めさせてからはいくらか楽になったろうけど、それでもあいつ、正月とかにはきちんと実家に帰るだろ。いくら親が可哀想《かわいそう》だからって、いつまでも理想の娘なんか演じてたら自分の首を絞めるだけなのにな」

ぎゅっぎゅっと煙草をもみ消す。その手もとを見ながら、俺はずっと気になっていたことを口に出した。

「なんでそんなに、いろいろ教えてくれるんですか」

やつはまた、俺を見ながらすっと目を細めた。「なんでって——そもそも、こういうことが聞きたくて俺に近づいたんじゃなかったのかよ」

「いや、聞きたいっスよ、もちろん。けど、こっちの素性を知ってまでこんなふうに話してもらえるとは思ってなかったし……」

やつは、ひょいと肩をすくめた。「それはさ。要するに、俺じゃどうにもしてやれないからだよ」

「え？」

「俺がこの先、何をどんなふうに言ってやったって、あいつの救いにはならない。ほんとは俺なんかとはスッパリ縁を切っちまうほうがいいのに、今さらあいつがそれを受け入れるとも思えない。だからだよ」

「よく、わかんないんスけど」

「あいつ、部屋に男泊めないだろ」

「……はあ」

「何でだか聞いたか」

俺は首を振った。

「まあ、これは俺もこないだ初めて知ったんだけどさ。あいつ――いまだにうなされるんだ。朝方、泣くみたいな細い悲鳴もらして」

「………」

「おい、誤解すんなよ。社長と一緒にここで飲んだ時、酔っぱらって雑魚寝《ざこね》しただけなんだから」

「……はい」

「あとで訊いたら、本人えらく気まずそうでさ。近頃はほとんどそんな夢見なくなってたのにって。それでも、やっぱり時々は見るんだとさ。男を部屋に泊めないのは、そういうのをいちいち詮索《せんさく》されたくないからなんだろうな」

たしかに、成り行きで男に身の上話をして安い同情を買うなんていうのは、夏姫さんの最も毛嫌いするところだろう。かつて、母親に捨てられた過去を女の子たちに話すことで適当にいい気持ちになっていた俺とはえらい違いだ。

「でも、あいつ、あんたのことは泊めたんだよな」

黙って考えこんでいたところに突然言われて、ぎょっとなった。

「なんでそれを」

「そういえば、家のほう、いろいろ大変だったんだって？　今こうしてるってことは、少しは落ち着いたのかな」

「――そんなことまで、いつ聞いたんですか」

「昨日の朝。画廊に渡す絵のことやなんかで電話してて、その時にさ」

「……何でも話すんですね」

「そうかな」

「ふつうだったら、付き合ってる男の家庭事情までいちいち話さないスよ」

「かもな。ま、どうせ半分くらいは、俺を安心させるためのパフォーマンスみたいなもんだよ。俺の世話は焼いてても、自分は自分で男と楽しくやってる、だから大丈夫。そういうのをアピールしてみせてるだけのことでさ」一本槍はちょっと笑った。「とは言っても、これまではいつだって、男との間の主導権はあいつが握ってて、誰と付き合おうが別れようが『フン』てな感じだったのに、このところあいつ、あんたのことになると妙に心細そうに話すんだワ」

　思わず目をあげた。

「八つも年上だってこと、あれでもずいぶん気にしてるらしくてさ。まあ、昔の俺と春妃みたいな恋愛を、よりによって自分がしてるってことで、何ていうかこう、気兼ねみたいなものもあるんだろうけど……たった今機嫌よくあんたのこと話してたかと思えば、急に、でもどっちにしろ長くは続かない関係だからとか、ほんとは自分のほうからさっさと手を放すべきなんだとか」

「そんな！」

「その通りだって言ってやったけどな」

「なっ……」思わず砂壁から背中を浮かせると、

「嘘だよ」一本槍が、ちょっと意地の悪い顔でにやりとした。「ったく、感謝してほしいもんだ」

「――感謝？」

「年上の女にそういうよけいな気を遣われるのは、男の側からすればただ情けないだけで、むしろ侮辱以外の何ものでもないって、そう言ってやったよ。一応、経験者としてさ。ま、どうせこれもよけいなお世話だったろうけど？」

ぶすっと黙りこくっている俺を面白そうに横目で見ながら、一本槍はまたひとくち酒を飲んだ。

庭の奥のブロック塀の上を、白っぽい猫が小走りにやってきた。かと思うと、何に驚いたのか急に立ちすくみ、身を翻して向こう側へ降りてしまった。一本槍が眉を寄せ、それからなぜか、小さく舌打ちをした。面白がるような表情は、もう消えていた。

「正直なとこ、俺としてはさ」と、やつは言った。「とっととあんたにバトンタッチしたいわけ。そりゃあ、ああして俺の世話を焼いてれば、夏姫のやつも少しは気が済むのかもしれない。罪の意識みたいなもんが軽くなるのかもしれないさ。けど、そんなもんは所詮《しょせん》ごまかしでしかないんだよ。今のままじゃ、あいつも俺も、どこへも行けない。いつまでも後生大事に昔の傷を撫でくりまわしてないで、いいかげんに自分できっぱりケリをつけないと、俺ら二人とも、出口のない穴の中をぐるぐる回ってるだけで一生終わっちまうんだよ」

「……わかる気は、しますけど」

「けど？」

ためらったものの、あえて口に出した。「正直、俺なんかで代わりがつとまるかどうかは自信ないスよ」

「おい」あきれたように、一本槍が言った。「よりによって俺の前で、よくまあそんなこと言えるな。プライドってもんはないのかよ」

「ありますよ。ありますけど――それが本物の自信から出たプライドならいいスけど、ただの虚勢で付き合いきれる人じゃないっしょ、夏姫さんて人は」

「ふん。ということは、無理してでも引き受けるほどには、好きじゃないと」

「好きですよ！　好きにきまってんでしょう！」

「は。どうだかな。年上の女とのほんの火遊びのつもりが、逆に本気になられて逃げだしたくなったんじゃないのか」

瞬間、俺の中で何かがショートした。「……なんスか、それ」

一本槍は黙って俺を見ている。

「なんか、ケンカ売られてるみたいなんスけど」

値踏みするような目でただ俺を見ている。

「なんなんスか、いったい」

思いのほかデカい声が出てしまい、慌てて唇をかんだ。胸に渦巻く苛立たしさを、そのままぶつけるにはやはり気兼ねがあったが、だからといって笑ってかわすほどの器量など俺にあるわけがない。

「……なんでそんなことまで言われなきゃならないんスか。一本槍さんみたいな経験してきた人が、なんでそういうこと言えるんだか俺、全然わかんないスよ。俺がどれほど……どれほど夏姫さんに近づきたくて、どれほどあなたに嫉妬したか、さっきの絵ぇ見てどんな思い味わったか――今だってそうですよ。ほんとは殴り飛ばしてやりたいくらいめちゃくちゃ嫉妬してんですよ。十年も当たり前みたいな顔で夏姫さんのそばにいたくせに、あんな一生懸命に世話焼いてくれる夏姫さんのこと、ただ傷つけるばっかりなんじゃないスか。俺なんかが言うのもあれですけど、あんただってもういい年でしょうが。ったく、自分のケツくらい自分で拭いて下さいよ」

必死に声を抑えようとするあまり、とうとう息が続かなくなって、俺は口をつぐんだ。

両手の指先がじんと痺れていた。

さっきの猫でも通ったのか、近所の犬が激しく吠えている。俺自身の荒い息づかいがそれに重なる。

その両方が徐々に落ち着き、ようやくあたりが再び静かになった頃、一本槍はおもむろに縁側に手をついて身を乗り出し、俺の後ろの暗がりへ向かって言った。

「聞こえたかよ。もういい年なんだってよ、俺ら」

えっ誰に言ってんだよ、とふり向こうとしたとたん足に激痛が走り、機を逃してしまった。

砂利を踏む足音が近づいてきて斜め後ろで立ち止まり、短く鋭い溜め息をつく。

聞き間違えようのないそれに、もはや身動きすることもできずに俺は固まっていた。

首筋のあたりがちりちりする。怖ろしくてとてもふり返れない。

「いつから、いるってわかってたのよ」と、夏姫さんの声が言った。

「ついさっき。お前こそ、いつからいたんだ?」

「ついさっきよ」

「嘘つけ」と、一本槍は苦笑した。「何しに来たんだよ、いったい」

「何って、電話もらうなり心配してとんできたにきまってるじゃない」

「電話? 電話なんて俺、」言いかけて、一本槍は舌打ちをした。「ったく、あのお節介オヤジ。お前に知らせてどうしようって……」

「社長だって心配してるのよ！」

一本槍は、やれやれと首を振った。ちらりと腕時計を見やり、「で？　わざわざタクシー飛ばして来たわけだ」

「しょうがないでしょ、もうバスないもの」

まじかよ、と思った。すぐそこで車が止まったのって、思いっきり前じゃなかったか。

一本槍が深々と息を吐いた。

「ま、いいところに来てくれたよ。このハタ迷惑なお前んとこのガキ、とっとと持って帰ってくれ」

「ふざけないでよ！」声を震わせて夏姫さんは怒鳴った。「人の気も知らないで、さっきから聞いてれば勝手なことばっかり言って……これじゃ私ひとり蚊帳《かや》の外でバカみたいじゃないのよ。だいたい、誰が私んとこのガキよ！」

俺はすくみあがったのに、一本槍はしばらく目をみはっていたかと思うと、ぷーっと吹きだした。後ろに手をついて、げらげら笑いだす。そうしながら手招きした。

「冗談だよ。まあそう怒るなって。いいから、お前もこっちきて飲みな」

答えがない。

「いつまでもそんな顔してると、ここんとこのシワが増えるぞ」

太い人差し指でトントンと自分の眉間《みけん》をさしてみせる。

斜め後ろから、夏姫さんが何かぶつぶつ文句を言うのが聞こえた。

ようやく見えるところに姿を現した彼女は、ジーンズの上からカーディガンをひっかけただけで、化粧っけもなかった。取るものもとりあえず飛びだしてきたのだろう。

「何飲む？」

と、一本槍。

「――同じのでいいわよ」疲れた声で言って、夏姫さんはじろりと俺をにらんだ。「ったくもう。何やってんのよ、こんなとこで」

思わず目を泳がせる。なんてことをしてくれたんだ、あの社長。どう説明して、何と謝れば夏姫さんが許してくれるのか、それさえわからない。

「まあまあ」コップをもう一つ取ってきた一本槍が、夏姫さんのお湯割りを作りながら言った。「社長と俺とで無理やり引っぱってきたんだからさ。勘弁してやれよ。――そら」

差しだされたコップまでをにらみつけている夏姫さんを、

「ほら、早く取れって。熱いんだから」

くわえ煙草でせかす。

しぶしぶ受け取ると、夏姫さんはいかにも腹立たしそうに縁側に腰をおろした。長い髪を後ろへふりやる。まるで気の立った雌ライオンが尻尾《しっぽ》をぴしりと鳴らすみたいな仕草だった。

　それきりしばらくの間、誰も口をひらかなかった。一本槍は柱にもたれて煙草をふかし、夏姫さんは押し黙って時おり酒をすすり、俺は身の置き所のないまま仕方なく庭を眺めていた。

　それぞれに温度の違う沈黙の、目には見えない隙間を縫うようにして、花びらが舞い降りてくる。部屋の灯りが届く範囲には限りがあり、薄い花びらは闇の中からぼんやり浮かびあがるように現れては、灯りの中をひらひらと泳ぎ、また闇の中へ溶けていくのだった。

　やがて、ふーっと一本槍が煙を吐き、そのついでのように言った。「それ、お前が着てたんだな」

　視線は夏姫さんのカーディガンに向けられている。この前の晩も部屋で着ていた、薔《ば》薇《ら》とハチドリの編み込みのあるやつだ。

　夏姫さんがなぜか、おかしいくらいうろたえるのがわかった。

「や、やだ、ごめん、私……急いで出てきたから気がつかなかった。ごめんね」

「なんで謝るんだよ」

「だって、いやじゃない？」

「なんで」

「なんでって……」夏姫さんが、こわれそうな目で一本槍を見やる。「――いいの？　私が着てても」

「いいも何も、よく似合ってるよ」初めて見せる穏やかな微笑を浮かべて、一本槍は言った。「お前のほうが似合うかも」

夏姫さんはうつむいて、ぷす、と鼻を鳴らした。「ばかね。『おんなじくらい似合う』で構わないよ」

「……そっか」

長くなってきた煙草の灰を、やつは今度は縁側にじゃなく、ちゃんと灰皿に落とした。

「しかしまあ、社長も何だかな。何があってもお前にだけは知られたくないって、こいつの立場なら当然そう思うことくらい、ちょっと考えりゃわかるだろうにさ」

俺は、上目づかいにおそるおそる夏姫さんを見やった。

また庭のほうを向いてしまった夏姫さんの横顔に、桜の枝がもやもやとした影を落としている。その唇が不服そうに尖ったかと思うと、

「これ以上、嘘つかせちゃいけないって」ぽそりと言った。「足の怪我のこと隠そうと思ったら、あのコはまたいろいろ嘘をつかなくちゃならなくなる。そういう嘘を重ねるのはあんまりいいことじゃないし、彼にそうさせてるのは夏ちゃんの責任でもあるんだから、もっときちんと話をしなくちゃ駄目でしょって叱《しか》られちゃったわよ。できたら歩

太くんと三人で話すといい、きっとこれは神様の用意して下さった機会なんだからって」

　最後まで口を尖らせたままそう言って、夏姫さんはコップに顔を伏せた。

「それって、アラーの神様かな」と一本槍。

「知らないわよ、そこまでは」

　ぶつぶつ言って酒をすする。俺とは目を合わせようともしなかった。

　いつのまにか雲が切れ、見上げると、さっきより月の輪郭がくっきりしていた。梢を揺らしてから部屋に吹きこんでくる風は水のようにひんやりとして、まるで桜の花々に冷やされているかのようだ。

「また、この季節だね」と、やがて夏姫さんが言った。「毎年よく咲いてくれるね、この桜」

　風が出てきたぶん、散る花びらも多くなった。こんなに惜しみなく降りしきっているのに、枝に咲いた花が減ったように見えないのが不思議なほどだ。

「もう……平気？」と、夏姫さんがささやく。

「ああ」

　意味がわからずに二人を見比べている俺に気づいて、一本槍が唇をゆがめた。

「何ていうか――苦手でさ。桜」

「あいつとは、出会ったのも別れたのもこの季節で、見るたびどうしても思いださずにいられなかったから」

そんなふうに言われると、またしてもばあちゃんの顔が浮かんでしまう。俺もきっと、そうなるんだろう。桜の季節がめぐってくるたびに、ばあちゃんとの花見を思いだすんだろう。

「え？」

一本槍が身じろぎして、すん、と鼻を鳴らした。

「今はもう、こうやって冷静に眺められるようになったけど、最初の頃はただただ春が疎《うと》ましくてな。桜が咲いてる間じゅう、ろくに外にも出ないでカーテン閉め切ってた。枝が風にざわざわ揺れる音にまで耳ふさいで、それこそ、この木なんかよっぽど伐り倒してやろうかと思ったよ。まあ、道具がなかったからあきらめたけど」

冗談めかしていても、一瞬見せたまなざしは切れそうだった。さっき、頭にきたと言った時でさえ笑っていたこの男の、身の裡《うち》に押し潜められた激しさに初めて触れる思いがした。

「たしか、三年目の春だったかな」

庭に目をやりながら、一本槍は言った。

「朝起きたら、フクスケが——ってのは犬なんだけど、そいつが小屋ん中で冷たくなっててさ。まあ、十七年も生きたんだから大往生と思うしかないんだけど……そいつを段ボール箱に寝かせて、飯だの、器だの、かじりかけの靴だの入れて、そこの木の下に埋めてやって——最後に、何か供えてやる花でもないかと思ってふっと見上げたら、いきなり満開の桜でさ」思い起こすように目を細める。「そういう時って、空なんか、何でだか信じられないほど真っ青に見えるんだよな。今まで俺はいったい何を見てたんだろうっていうくらい、青くて、透きとおってて、吸いこまれそうで……その空から、息つく暇もないほど次から次から花びらが降ってきてさ。フクスケの墓の上とか、俺の頭とか肩やなんかに積もってって……」

やつは、膝の上でひろげた自分のてのひらを見おろして、何度かゆっくりとまばたきをした。

「その時になって俺、やっと気がついたんだ。——なんだよ、ここにいたんじゃないかよって。春妃のやつは、こうして毎年忘れずに会いに来てくれてたのに、ちゃんと会ってやろうとしなかったのは俺のほうじゃないかよって。自分を責める気持ちで凝り固まってたばっかりに、春妃と過ごした楽しかった時間まで全部封じこめて、思いだしてやることさえできずにいたなんて——絶対、あいつに寂しい思いさせてた。すごく窮屈な思いさせてた。そう思ったら、なんか俺……」

一瞬言葉に詰まったように押し黙った一本槍が、大きく息を吸いこんで続ける。

「なんか俺、たまんなくてさ。何ていうかこう……とにかく、たまんなくてさ。こうして春妃にまた会えたのが嬉しくて泣けるんだか、もう本当に二度と会えないのが哀しくて泣けるんだか、自分でも、何が何だかワケわかんなくなっちまって……。はは、恥ずかしいけど、あの時は泣いた泣いた。ほんとに泣いた。そこの桜の下んとこにしゃがみこんで、一人でバカみたいに大泣きしたよ。——まあ、あの時の俺を仮に誰かが見てたとしたって、犬が死んで泣いてるようにしか見えなかったろうけどな」

ずっと黙って聞いていた夏姫さんの肩が、途中から小刻みに震え始めていた。斜め後ろから見える横顔は青白くて、細いあごの先に透明なものがたまっては、ぽとり、ぽとり、と膝に落ちる。

「なあ、夏姫」と、一本槍が低く言った。「十年だよ。もう、いいよ。もう充分だよ」

彼女がうつむくと、髪がぱさりとかぶさって横顔を隠した。その陰から、洟をすすりあげる音がする。

「あの頃、お前さ。俺とのことを姉貴に相談してたろ。あいつ、お前に合わせる顔がないってすごく悩んではいたけど、それでも俺ら、やっぱり離れられなくて……お前には悪いけど、どうしても離れられなくて……。あれ、いつだったかな。たしか、もうすぐ冬が終わるって頃だったと思うけど、春妃が言ったことがあるんだ。——これまで自分の身に起こったこと、これから起ころうとしていること、その何もかもを、すべて赦《ゆる》せるような気がするって。いったい何を思ってそんなこと言ったんだか、今となってはもうわからないけど、なんだかまるで、自分の運命も、のこされた俺らがこうなることも、何もかも全部わかってたみたいなさ」

うつむいた夏姫さんの肩の揺れが激しくなり、その口からとうとう、くうう、と変なうめき声がもれた。しずくがひとつ、またひとつ落ちて、ジーンズに黒いしみを作る。

「あの時の春妃の言葉は、ほんとうに心の底から出た言葉だったと思うよ。あいつは、生きてた時から、全部赦してくれてたんだよ。全部赦してから逝ったんだよ。それまでのことだけじゃなくて、ずうっと先に起こることまでさ」

「そんなこと……」鼻の詰まった声で、夏姫さんは言った。「そんなことまで言うんなら、歩太くんこそ、お姉ちゃんの絵描いてよ。ちゃんと、人の絵を描いてよ」

「描いてるよ」

ぐしゃぐしゃの顔で夏姫さんがふり返る。「え？」

「俺の中では、何もかもみんな春妃につながってる。とくに桜を描く時なんか、春妃そのものを描くつもりで描いてる。空を描こうが、森を描こうが、光を描こうが――同じなんだよ。この世にあるものはみんな、ほんとうは同じものなんだ。人物なんていう表面的な形にこだわってんのは、お前だけだよ」

おそらく、望んでいる答えではなかったのだろう。涙をためたまま憮然《ぶぜん》とした顔で黙ってしまった夏姫さんを見て、一本槍は困ったように溜め息をつくと、すぐそこに出しっぱなしになっていた例のデッサン帳に手をのばした。中から一冊取って、彼女の鼻先に黙って差しだす。

「……何よ、これ」

「お前にやる」

「——え？」

「春妃の絵が一枚しかないのが寂しいんなら、それでも見て我慢してな」

「………」

「それ以上描く気は、俺にはもう、ほんとにないから」

涙をすすりあげ、顔を拭った手をジーンズになすりつけてからそれを受け取ると、夏姫さんは思い詰めたような顔でそっとページをめくった。

ほとんどは表情をとらえたデッサンばかりの一冊だったが、中にはいくつか全身を描いたものも混じっていた。まるで、いたずらを思いついたかのようなきらきらした瞳。物思いに沈む横顔。聖母のような慈愛に満ちた微笑。目を細め、伸びあがるようにして光を浴びている上半身……。

一ページ、また一ページとめくっていく夏姫さんの眉が、泣きだしそうにゆがんだり、ふっと笑みにゆるんだりする。

「俺も、ひらいて見たのは久しぶりだったけどな」と一本槍は言った。「あの絵を描く時に使ったきりだから、ほとんど七、八年ぶりってことか」

「どうして、そんなに？」

「なんか、生々しすぎてさ。いくらか思いだせるようにはなったって、見るのはやっぱりつらくて、それきりずっとひらかずにいたのに、それがこうして久しぶりに見てみたら、思ってたほど痛みはないんだ。ただ懐かしくて、むやみやたらと愛しいばっかりなんだよ。自分でも驚いた」

夏姫さんが、まだうっすら涙をためた顔のまま、ふっと微笑んだ。「きれいだねえ。お姉ちゃん、やっぱり」

「何言ってんだ。それで髪でも切ったらそっくりだぞ」と一本槍が笑う。「さっきなんかそいつ、それ見るなりてっきりお前だと勘違いして、」

「ちょ、待っ、」

「ヌード眺めてこーんな鼻の下のばしてさ」

「伸ばしてないっスよ！」泡を食って俺は叫んだ。「何でそういうデタラメ……」

しょうがなさそうに、夏姫さんが苦笑する。

「でも、やっぱり全然違うわよ。この時のお姉ちゃん、輝いてるもん。なんか、愛されてるなあって感じ」

「だから、それを含めてそっくりだって言ってる」

顔をあげた夏姫さんの視線をとらえて、一本槍が俺のほうをちらっと見る。

「やだ……」夏姫さんはさっと顔を赤くして目を伏せた。「そんなんじゃないわよ」

かちんときて、思わず言ってしまった。「そんなんだよっ」

一本槍が、くすりと笑った。

「なあ、夏姫。そう意地張るなって」

「べつに意地なんか」

「お前さ。春妃が死んだ翌朝、俺に電話してきたろ」

夏姫さんがびくっとなる。

「覚えてるか?」

返事がない。

「あの時、言ってたよな。もう、俺らのこと恨んでないからって。ほんとはこれもお姉ちゃんに直接言えたらよかったのに、ってさ」

「……だから何よ」

「けどお前、ほんとは、あれからあともずっとつらかったろ。あの朝お前が春妃にぶつけた言葉は、掛け値なしの本心だったはずなのに、そのすぐあとで彼女が死んじまったから、もうそれ以上何を言ってやることも出来なくなっちまって……おまけに自分の言葉があんまり重くて、お前としては、もうお姉ちゃんのこと恨んでないって思いこむしかなかったんだろ」

夏姫さんの唇が震え、むずむずと横に伸びたり縮んだりする。

「けど、そんな簡単にいくもんじゃないはずだよ。それが証拠に、お前ずっと苦しかったろ。お前に山ほど嘘ついて裏切ってたお姉ちゃんと俺のこと、心の底ではどうしても赦せないでいる、何よりも、そういう自分が赦せなかったんだろ」

黙りこくった彼女の両目に、水っぽいものが満々とたまっていく。

「でもさ。こないだここで飲んだ時、お前言ってたろうが。今ならお姉ちゃんの気持ちがわかるって。うんと年下のそいつのことを、年なんか関係なく好きになってみて初めて、あの頃のお姉ちゃんの気持ちがほんとにわかった気がするって」

「や……だもう、やめてよ、」

「それが〈赦す〉ってことだよ」取り合わずに、一本槍は真顔で言った。「俺と春妃のことをお前が赦してくれたのは、ほんとは十年前じゃない。つい最近だよ。そこにいるそいつのことを、本気で好きになってからだよ」

ぱた、ぱたたた、と小さな音がした。

見ると、夏姫さんの膝にひろげられたデッサン画の上に、もはや粒ともいえないほどの涙が落ちていた。慌てて拭おうとする彼女の指の下で、今はもういない人がはにかむように微笑んでいる。

じっとそれを見つめながら、一本槍は言った。

「なあ、夏姫。俺に気なんかつかわなくていいんだ。お前は、今になって自分が同じような恋をしてることを気にしてるのかもしれないけど、俺からすればそれは、かえって救われることでもあるんだよ。だいたい、俺らがあの頃お前のこと裏切ってたのは、まぎれもない事実でさ」

夏姫さんが、いやいやをするように首を振る。

「そうなんだって。お前がそれに対して怒ったり、恨んだりするのは当然なんだ。お前はあの時、言って当たり前のことを言っただけなんだ」

何を聞いても激しく首を振って泣きじゃくる夏姫さんをなだめるように、一本槍はひどく小さな声になって言った。

「とにかくさ。これで本当にお前に赦してもらえるんなら、俺としてはようやく楽になれるんだよ。ずるいけど、正直なとこ、それが掛け値なしの本心なんだ。お前ら二人をくっつけるだけのためだったら、誰がわざわざこんなお節介焼くもんか。社長じゃあるまいし」

夏姫さんは、泣きじゃくりながら言った。「ずる……よほん、とに」

「うん？」

「ずる、いよ。いつのま、にか、歩太く……だけ、一人でそん、な……」

閉じたデッサン帳を胸に抱きしめて、夏姫さんがぼろぼろ涙をこぼしている。悲痛なしわが、眉の間にも鼻の頭にも寄せられている。

「うん。ごめんな」と、一本槍は言った。「ほんとに、長かったよな、十年。——もう、いいよ夏姫。もう、いいかげんに解放してやろう。俺らが春妃に縛られてるだけじゃない。春妃のほうも、俺らに縛られてるんだ」

何度か深く息を引いてしゃくりあげたかと思うと、夏姫さんはとうとう我慢を放棄した。しっかりとデッサン帳を抱きしめたまま、前屈みになる。丸まった体の奥底から、小鳥の悲鳴のような細い声が絞り出されてくる。ぎゅっときつくきつく目を閉じた、そのまぶたをこじ開けるようにして涙は湧き、あとからあとからあふれ出してきた。まるで、彼女の中で凍てついていた氷の塊が一気に溶けだしたかのようだった。

体を前後にゆするようにしながら、夏姫さんはもはや、嗚咽《おえつ》をこらえようともしなかった。口をひらいて熱い息を吐き、洟をすすってはまた涙をこぼしていた彼女はやがて、デッサン帳を縁側に残して、ふらりと立ちあがった。短くしゃくりあげながらよろよろと足を前に出し、桜の根もとの暗がりにたどりついてしゃがみこむ。そこでまた、うーっと唸るような声をもらして泣きじゃくり始めた。

もともと小柄な夏姫さんが、そうしてしゃがむともっと小さく見えた。まるで、かくれんぼの鬼ばかりさせられているみそっかすの子どもみたいだった。

俺は、膝をかかえこんでこっそり涙をふいた。なんで俺までがこんな、と思いながら、ジーンズの膝で片方ずつ目をぬぐう。夏姫さんの痛みは夏姫さんだけのもので、俺なんかの想像のとうてい及ぶものではないはずで……なのに、まぶたの裏側の灼けるような熱さを我慢できなかった。彼女のことだけじゃない、最近起こったすべてのことが一緒くたになって、よってたかって俺の急所をつつきまわしていた。蛇口《じゃぐち》がばかになってしまった感じだった。

視線を感じて顔をあげると、一本槍と目が合った。やつの目も、血走って真っ赤だった。

その目を俺からそらしたかと思うと、やつはあぐらを解いて縁側からおり、草履をつっかけて夏姫さんに近づいていった。

そばに立ったのが一本槍だとわかっても、夏姫さんは立ちあがろうとしなかった。ただ、ますます顔をぐしゃぐしゃに崩し、両手のこぶしをひとつずつ目に押しあてて泣くばかりだった。うーっ……うーっ……という子犬のような唸り声が、切れぎれに届く。

体の両側にだらんとたれていた一本槍の手が、やがて、遠慮がちに動いた。少しかがんで、夏姫さんの頭をくしゃっと撫でる。夏姫さんの嗚咽が激しくなるのをなだめるように、何度か撫でてやる。

それを見ても、俺の内側は不思議なほど静まりかえっていた。ほんの数日前、夏姫さんが俺にしてくれたのと同じことを、今度はやつが彼女にしてやっているだけだ。ああして寄り添うことで、二人はいま、何かを静かに終わらせようとしているのだ。

桜は、少しずつ、けれどひっきりなしに散っていた。間遠になってはまたぶり返す夏姫さんの嗚咽にたぐりよせられるかのように、はらはらと二人の上に舞いおりては、また蒼い闇に吸いこまれていく。

一本槍がふと、顔をあげた。降りしきる桜と、その彼方の空を見あげる。

かすかに震える唇をまっすぐに引き結び、あふれ出しそうになるものをこらえるように上を向いたまま、やつはただ、いつまでもそうして花びらに吹かれていた。

12

ほんの少し目をつぶっただけのつもりでいたのに、次に目を開けたら一時間半もたっていた。眠りは浅く、ずっと夢と現実の中間くらいのところをさまよっていたせいで、体の芯《しん》が重い。

遠くで夜が明け始めたのだろう。まるでつぼみがかすかに開くように、暗い部屋の窓際だけが澄みきった蒼色へとほどけて、台所の鍋やなにかの輪郭をぼんやりと浮かびあがらせている。

痛めた足のせいで二階への上り下りがおっくうだったから、ゆうべはコタツの本体を片づけたばかりのこの部屋で、真四角のコタツ布団にくるまって寝ることにしたのだった。昨日の昼間干したばかりの布団は、まだ太陽の匂いがしていた。

夏姫さんは、枕がわりの二つ折りの座布団を左腕でかかえるようにして眠っていた。しっかりとまぶたを閉じ、鼻の先を布団にうずめている。

陶器みたいになめらかな頰に触れかけて、やっぱり手を引っこめた。せっかく穏やかに眠っているのに、不用意に起こしたくはない。

そのかわり、俺は彼女のうなじからピンとはねている襟足を、人差し指の先でそうっと撫でつけてやった。横顔はたしかに夏姫さんなのに、いきなり髪が短くなったせいで、なんだか知らない女が寝ているみたいだ。あらわになった華奢《きゃしゃ》な首筋が、薄闇の中でも白々と目を射る。切ってやったのは、もちろん俺だった。

あれから、タクシーでここへ帰ってきたのが二時過ぎ。

風呂なんかいいからもう寝よう、と言っても、彼女はうなずいただけで動こうとせず、一本檜のところから持って帰ってきたあのデッサン帳をしっかりと胸に抱いて、部屋の真ん中にぺたんと座りこんでいるばかりだった。俺が温かいココアをいれてやると、それを見つめてまた少し泣いた。

実際、俺のほうも神経が尖っていて、このままでは横になってもとうてい眠れそうになかった。

何か言葉をかけてやったほうがいいんだろうか。じっくり話を聞いてやったほうがいいんだろうか。そう思いながらも何と切りだせばいいのかわからなくて、ただ彼女の細い肩ごしに、その向こうにひろがるばあちゃんの店の暗がりを眺めていた時、ふっと口をついて出たのが、

〈髪でも切ってみる?〉

だった。ものすごく唐突ではあったろうけれど、口に出してみると、それは案外気の利いた提案のように思えた。

夏姫さんが唇を半開きにしたままのろのろと顔を上げ、

〈……え?〉

かすれた声で聞き返す。

〈いや、さっきさ。そのデッサン見てて思ったんだ〉ようやくこちらに向けられた夏姫さんの注意をつなぎとめておこうと、俺は一生懸命しゃべった。〈夏姫さんも、きっと短いのが似合うはずだって。ていうかこれ、高校の時にも言ってたことだけどさ、その絵見たらますますそう思った。それも、お姉さんよりかもっとずっと短いやつ。ベリー

ショートがちょっと伸びたかな、くらいのやつ。頭が小さくて形がいいから、ロングより絶対似合うよ。だまされたと思って試してみなよ〉

彼女は、デッサン帳をそっと胸から離して見おろした。ひらくことはせずに、くたびれた表紙を見つめる。

〈それって——もしかして、あなたが切ってくれるってこと？〉

〈夏姫さんさえよければね〉と俺は言った。〈そりゃあ、プロみたいに手早くはできないけど、ゆっくり丁寧にやらせてもらえば、そうひどく失敗することはないと思う。場所も道具もそろってるしさ〉

〈……でも、あなた足は？〉

座って切るから大丈夫だよ、と俺は言った。

夏姫さんに腰掛けてもらったのは、ばあちゃんが最後の晩に指さしたあの鏡の前だった。

彼女の椅子の高さは上げずに、俺はそのそばに別の椅子を持っていって腰をおろした。それもやっぱり、あの時ばあちゃんが座っていた赤いビニール張りの丸椅子だった。

ずっと髪を伸ばしたままでいたのは、鏡の中にこれ以上姉そっくりの顔を見たくなかったからだと彼女は言った。もっと短くすることも考えないではなかったけれど、なんだか勇気が出なかったのだ、と。

霧吹きでしっかりと濡らした髪を、少しずつ正確にブロッキングしてはクリップで留め、薄く残した襟足からハサミを入れていく。三十センチ近くある後ろの髪を、生え際から五センチばかりのところでばっさりやるにはかなり勇気が要ったが、鏡の中の夏姫さんは腫《は》れぼったい目で微笑んで、なんだか映画みたいね、と言った。

俺の手が遅いのが、かえって幸いしたのかもしれない。髪がだんだん軽くなっていくのにあわせて、夏姫さんはゆっくり、ゆっくり、気力を取り戻していくように見えた。

顔の前におろしたブロック一つぶんの髪をまっすぐとかしつけながら、

〈なあ〉俺は、目を閉じている夏姫さんにささやいた。〈ほんとはまだ、好きだったりするんだろ。あのひとのこと〉

形のいい唇が、かすかに微笑んだ。

〈そうね〉と、彼女はささやいた。〈たしかに、ずっと好きだった。お姉ちゃんが死んでからあとも、ほんとに、ずうっと好きだった。でも、今ではもうそういうのでさえなくて……なんていうんだろ。——私にとって彼は、原罪みたいなものなの。わかる？

原罪って〉

相変わらず先生みたいだなと思いながら、わかるよ、たぶん、と俺は言った。

〈さっき、彼が言ってたことはほんとよ。私、あなたとこうなって初めて、お姉ちゃんの気持ちがわかる気がした。べつに、年下の人と恋に落ちる気持ちがっていう意味じゃ

なくてね。もっと、なんていうか……自分でもどうしようもない気持ち〉

すっぽり体を覆ったナイロンのクロスごと彼女を抱きすくめたいのをこらえながら、俺は慎重に前髪にハサミを入れた。

〈でも……〉鼻の頭に細かい毛をいっぱいつけたまま、夏姫さんはつぶやいた。〈でもね、どうすればいいのかわからない。だって、いま私が手を放したら、あのひと、ほんとにひとりになっちゃうよ〉

閉じた睫毛《まつげ》の先と、唇が震えている。おかっぱくらいにまで短くなってきたせいで、その顔はいつもよりはるかに幼く見えた。

〈違うと思うよ、それは〉

〈……え？〉

夏姫さんが目をあけて、鏡の中の俺をじっと見た。足をかばいながら夏姫さんの真後ろに立ち、俺は両サイドの髪の長さを同時に撫で下ろすようにして比べた。

〈ひとりになっちゃうんじゃない。そうじゃなくて、ひとりにしてあげなきゃいけないんだよ。そうやって、夏姫さんもあのひとも、どっちもひとりになって初めて、また誰かと一緒にいたいって気持ちになれるんだ。誰かを求めようと思えるようになるんだよ。そうだろ？　……あのひとが、もう解放してやろうって言ったのは、そういう意味でもあるんじゃないの？　亡くなった春妃さんのことを解放するのと一緒に、生きてる自分

自身も解放してやれって——そういう意味で言ったんじゃないのかな。俺は、そう思って聞いてたけど〉

少し長かった右側を切ろうとしてふと見ると、夏姫さんの瞳は、いつのまにかまたゆらゆらと揺れ始めていた。まるで線香花火の先みたいに丸く大きくふくれあがった粒がとうとう転がり出て、頬を伝い落ちる。鏡の前のカウンターからティッシュを取って渡してやると、彼女は黙って涙と洟をぬぐった。

〈俺さ。さっき、聞きながらずっとばあちゃんのこと考えてたんだ。夏姫さんとおんなじで、俺もばあちゃんにひどいこと言って、とうとう謝れなかったじゃん。その後悔はやっぱり、この先もずっと残っていくとは思うけど、だからって、俺の側の後悔をばあちゃんに背負わせるのは、なんか違うと思うし。あのひとも言ってたとおり、思いだしてやることもできないなんてあんまり可哀想だよ。思いだすとつらいからって箱に押しこめて、ふたが開いたりしないように鍵かけて、なんてさ。俺も寂しいけど、ばあちゃんだって寂しいだろ。ああいう性格の人だったから、次に会ったらたっぷりイヤミくらい言われるだろうけど、俺を恨んだりはしてないと思うし。だから俺——決めたんだ。もっと強くなるって。ばあちゃんのこと、笑って思いだしてやれるくらいにさ。夏姫さんがまたつらくなった時だって、ちゃんと横にいて支えてやりたいし、うなされてる時に揺り起こしてやることくらいなら今だってできるし。だから……頼むよ、夏姫さん。

自分から俺の手を放さなきゃなんてこと、二度と考えないでくれないかな。今の俺じゃまだ、あのひとの代わりにさえなれないかもしれないけど、いつかは夏姫さんにとっての一番になれるように、ちゃんと頑張るから。……な？〉

懸命に話しかけている間、俺の手は止まってしまっていた。そうして、その間じゅう、夏姫さんはひたひたと涙を流し続けていた。眠るように閉じられたまぶたの、かすかに弧を描く睫毛の隙間から、涙は音もなくあふれ、頰の丸みを伝い落ちた。

そんなにも静かな涙があることを、俺はこれまで知らなかった。鏡の中の夏姫さんのぶんもあわせると、こぼれる量は倍に感じられたけれど、こぼれればこぼれるだけ、涙はひそやかさを増した。まるで、夜明けの入り江に潮が満ちていくみたいだった。

〈慎くん？〉

と、やがて目を閉じたままの夏姫さんが呼んだ。

思わず、ここにいるよ、と言いそうになるくらい心細そうな声だった。

〈なに？〉

〈……ありがとね〉

〈なんで〉

〈――あの時、私を覚えててくれたから〉

涙で濡れた唇をかすかに動かして、彼女はささやいた。

〈あなたと出会えてなかったら私、今でも自分を赦せなかった。きっと〉


ぐっすりと眠り続ける夏姫さんの首の下から、少しずつ、少しずつ腕を引き抜くことに成功すると、俺はそうっと起きあがった。

耳を澄ませて、彼女の寝息に乱れがないことを確かめる。

部屋の中は、さっきより少し明るさを増していた。蒼い光の届く範囲が、ほとんど俺らの布団のところまで伸びてきている。

めちゃくちゃ喉が渇いていたが、この足で物音をたてずに歩くのは無理そうだったので、俺は両手両膝でそろりそろりと流しのところまで這《は》っていき、できるだけ細く出した水をコップに受けて飲み干した。またそろりそろりと畳の部屋に戻る。

夏姫さんは、ずっと同じ姿勢のまま眠っていた。もしかして魔法のリンゴでもかじったんじゃないかと思うくらい、深くてひたむきな眠りだった。

腰をおろし、敷居の柱にもたれて一息つくと、そばの卓袱台《ちゃぶだい》の上にあのデッサン帳が置かれていた。薄明かりの中で、表紙の色がグレーに沈んで見える。

手にとって、そっとひらいた。紙のこすれる音さえたてないように、一ページずつゆっくりめくっていく。

どうしてゆうべは間違えたりしたんだろう。顔かたちは確かによく似ているけれど、今こうしてあらためて見ると、むしろ似ていないところのほうが目につく。少し下がり気味の眉の表情にも、ほんとうにすべてを赦しているかのような微笑にも、夢見るように細められた目もとにさえ、もうすぐ訪れる終わりの予感が透けてみえるようで、眺めていると胸の内が、この夜明けの蒼と同じ色に染まっていく。これを描いている時の一本槍はきっと、自分でもそうと意識しないまま、このひとの真の姿を写しとっていたのだろう。だからこそ、ずっとこれをひらいて見ることができずにいたのだろう。見るたび、気づくのに遅すぎた自分を思い知らされるから。

最後のページをめくろうと、指をかける。

と、何かがはらりとこぼれた。

花びらだった。畳の上に落ちた一枚きりのそれは、少ししおれてはいたけれど、明けてゆく光の中でどこまでも白くまぶしく見えた。

息をつめて、最後のページをひらく。

そのひとは、笑っていた。とめどなく降りしきる桜の木の下で、まるでさよならを言うようにふり返り、小さく首をかしげて――。ほっそりとした肩や、そばかすのちらばる頬の上に、やわらかな春の日ざしが躍っていた。幾筋もの木漏れ日が、光の梯子のようだ。

夏姫さんの規則正しい寝息が、時計のない部屋の中で時を刻んでいく。

俺は、その姿を見つめた。布団を内側から押しあげる、慎ましいけれど確かな輪郭。片手でつかめば折れそうな首の後ろで、つんつん元気よくはねている短い髪。彼女を失ってしまわないために俺にできることがあるのなら、何でもする……。胸の熱さをこらえながら、ひたすら見守り続ける。

どれくらいそうしていただろう。ふいに目の端に小さな痛みが走ったかと思うと、つらぬくような朝日が仏間の窓から射しこんできた。ぐんぐんまぶしさを増しながら、部屋の中に漂う蒼い気配を追いだしていく。

そろそろ夏姫さんを起こす時間だった。どんなにまぶたが腫れぼったくても、彼女はきっと、会社を休むとは言わないだろうから。

閉じたデッサン帳を元に戻すと、夏姫さんのそばまで行って寝顔を見おろした。

そっと揺り起こせば、彼女は少しだけ不服そうな声をもらしながら目を開け、俺を見てしぶしぶ笑ってみせるだろう。それから、まだ長いつもりの髪をかきあげようと頭に手をやってびっくりするんだろう。あまりのことに文句の一つくらい言うかもしれない。

あれこれ考えながらためらっていたら、夏姫さんが身じろぎして、ゆっくりとこっちに寝返りを打った。ん、ん、と声をもらして目を開け、俺を見るとまだ眠そうな顔で微笑む。

いきなり言った。

「いま、なんじ？」

「五時半くらい」

「そう。じゃあ、行かなきゃ」

あくびをかみ殺しながら何げなく頭に手をやった夏姫さんが、はっとした顔になり、いきなり言った。

「ねえこれ、やっぱりちょっと短すぎない？」

俺は、思わず吹きだしてしまった。

てっきり髪型を笑われたものと勘違いした夏姫さんが、ひどい、あなたが切ったくせに、と俺を押しのけて起きあがり、鏡を見に洗面所へ走っていく。

俺は、何とか急いで笑いをおさめると、痛い足を我慢して立ちあがった。

彼女を追いかけて、ちゃんと言ってやらなくちゃいけない。

〈すごく似合ってるよ〉と。

〈これまでよりもうんと夏姫さんらしいよ〉と。

そうして彼女を抱きしめて、おはようを言おう。

――俺たちは、そこから始まる。

解説

石田汗太

本書は、『天使の卵――エンジェルス・エッグ』（集英社文庫）の続編である。未読の方は、ぜひ『天使の卵』をお読みになってから、本書を手に取ることをお薦めする。

――と、こう書くのが親切であることは分かっている。しかし、この解説からお読みになっている方にあえて言いたい。「どうぞ、本書からお読みなさい」

その上で『天使の卵』に遡《さかのぼ》っても、まったく問題はない。それどころか、あなたが、村山由佳という作家の「いま」を知りたいのなら、その方がいいくらいだ、とさえ思う。

その理由を、これから書く。以下、『天使の卵』の結末に詳しく言及するので、それを知りたくない読者はここで本書を閉じ、『天使の卵』を先に読んでほしい。

＊

『天使の卵』（１９９４）は、村山由佳の実質的なプロデビュー作であり、90年代以後の青春恋愛小説として、揺るぎないスタンダードの地位を築いたロングセラーだ。第6回小説すばる新人賞受賞作だが、この一作で逆に同賞が「青春小説の登竜門」として文壇内外に認知されるようになったほどだ。累計部数は一〇〇万部を超え、二〇〇六年には小西真奈美主演で映画化もされた。

19歳の予備校生・歩太《あゆた》は、8歳年上の春妃《はるひ》と出会い、一目で恋に落ちる。精神科医の春妃は、歩太の父の主治医で、しかも歩太の恋人・夏姫《なつき》の姉でもあった。どこか寂しげな影のある春妃を、歩太はまっすぐに愛し、春妃は妹に対して後ろめたさを覚えながらも、歩太の愛を受け入れる。が、二人だけの未来を信じられるようになった桜の季節、残酷な運命が、歩太から春妃を永遠に奪い去る……。

この作品が、多感な10代、20代読者のバイブルとして十年以上も読まれ続けていることには、むろん理由がある。デビュー作とは思えないほど洗練された文章、みずみずしいディテール、語り手である歩太の内面の清々《すがすが》しさ、いっそ古風とも呼びたい二人の恋愛のぎこちなさなど、ある意味、パーフェクトな恋愛小説であるからだ。

壊れやすいガラス細工のような物語は、ラストの春妃の「死」でいっそうの完成を見る。『天使の卵』は、読者にとてつもなく美しい涙のカタルシスを与え、それゆえに隙《すき》のない、「閉じた」傑作となった。

三年前、本書が書かれるまでは。

＊

『星々の舟』（２００３）で第１２９回直木賞を受賞した著者は、一年半の沈黙を経て、本書『天使の梯子』（２００４）を発表した。『卵』が刊行されてちょうど十年目。物語の中でも、同じく十年の歳月が流れている。

熱烈な『卵』ファンの中には、『梯子』が書かれたことに、複雑な思いを持つ人も少なくなかったはずだ。『卵』の時間は、春妃の死とともに止まったのではなかったか。これ以上、どんな続きがあり得るというのか？

『梯子』の語り手は、21歳の〝フルチン〟こと古幡慎一《ふるはたしんいち》。歩太よりはややガサツで思慮に欠け、根は繊細だが激しやすい。その慎一が、高校時代、ほのかに思慕していた「斎藤先生」に再会するところから物語は幕を開ける。斎藤先生――春妃の妹で、歩太の元恋人だった夏姫である。

春妃と夏姫はよく似た姉妹だが、『卵』においては、光と影のような運命に分かれた。姉に歩太を奪われた夏姫は、夜叉《やしゃ》となって姉に呪詛《じゅそ》の言葉を投げつけ、その直後、春妃が急死してしまったために、癒えない心の傷を負うことになる。歩太と春妃の絆《きずな》は、残酷ではあるけれど、春妃の死で「永遠」になった。しかし、夏姫だけは、羽をもぎ取られて地上に墜ちた天使のように、ひとり罪の意識を抱えながら生きている。

慎一と夏姫の関係は、その年齢差（８歳）から、『卵』における歩太と春妃の相似形を思わせる。だが、二人の関係は、『卵』でのように、ピュアに突き進むことはない。

〈人の気持ちなんて、どうせすぐ変わる。今すぐ変わらなくたって、いずれ変わる。夏姫さんの俺に対する気持ちだけじゃなく、俺自身の夏姫さんに対する気持ちさえ、いつ冷めてしまうかわからない。この世に永遠なんてありはしない。万一あったとしてもそれは俺らの手が届くものではないのだ〉

（本書１３５頁）

姉と歩太への消えない罪の意識から、自らの幸せを拒絶する夏姫。夏姫と歩太の関係を邪推し、暴力的な嫉妬《しっと》の炎に灼《や》かれる慎一。つらく重苦しい二人の恋愛はしかし、あるひとつの「思い」を最後に分かち合うことで、『卵』とは違った結末を示していく。

その思いとは――「悔い」。

〈誰に何を言われても消えない後悔なら、自分で一生抱えていくしかないのよ〉

（本書１５４頁）

ところで――。

「村山由佳」という作家のイメージを、みなさんはどうとらえておられるだろうか。

①　ピュアでせつない恋愛小説の書き手

②　田舎で土にまみれ、動物と共に暮らす自然派作家

③　女性誌のグラビアによく出る美人小説家

④　悩みを聞いてくれる〝優しいお姉さん〟みたいな人
⑤　大人よりオンナコドモに人気らしい

どれも、それぞれ正しい。①はこの作家のデビュー以来のキャッチフレーズみたいなものだし、②については、一九九二年から千葉県鴨川《かもがわ》市で馬や鶏や猫たちに囲まれ、ほとんど自給自足の農業生活を送っていたことは有名だ。「ロハス」を先取りしたライフスタイルは同世代の女性の憧れだし、④⑤については、大学生を対象にしたある読者アンケートで、この人の人気が村上春樹に次ぐ二位だったことに象徴されるだろう。いわば、『天使の卵』のように、この人もまた、多くの読者に「美しく完結した」作家として受け止められてきたと思う。

しかし、過去の作品群をもう一度ひもといてほしい。この作家が、実は安定とか完結という言葉から遠く、かなり不穏なもの、危ういもの、昏《くら》いもの、デモーニッシュなものを内に抱えた書き手だということが分かるはずだ。

〈僕らはもう、いやというほど思い知っていた。犯した罪に対して、ふさわしい罰を与えられずにいるのは、苦しい。そしてまた、正しくその人間を罰することができるのは、正しくその罪を知る者だけだということを〉

（『海を抱く　BAD KIDS』集英社文庫）